mtb

Zum Buch:

Glen kann es nicht fassen. Selbst sein Bruder geht ihm immer wieder mit diesem schrecklichen Klischee auf die Nerven, dass Männer und Frauen nicht einfach nur befreundet sein können. Dabei ist es genau das, was ihn mit Elaine verbindet: ein tiefe Freunschaft voller Ehrlichkeit und Vertrauen. Ja, wenn er ehrlich ist, muss er zugeben, dass er natürlich schon darüber nachgedacht hat, wie es wäre, wenn Elaine mehr in ihm sähe als den besten Freund. Aber besonders jetzt, wo sie mit der Trauer um ihren Vater und der Verantwortung für das Familienunternehmen zu kämpfen hat, muss er bedingungslos für sie da sein. Ihre Freundschaft ist einfach zu wichtig, um sie für etwas aufs Spiel zu setzen, von dem er nicht weiß, wie es enden wird ...

Zur Autorin:

Spiegel-Bestsellerautorin Debbie Macomber hat weltweit mehr als 200 Millionen Bücher verkauft. Neben ihrer Arbeit als Autorin führt sie den Wollladen »A Good Yarn«, benannt nach dem gleichnamigen Geschäft aus ihren Romanen, und ein kleines Café in Port Orchard in Washington, wo sie gemeinsam mit ihrem Ehemann lebt und schreibt.

Debbie Macomber

Heart of Texas –
Das Glück so nah

Roman

Aus dem amerikanischen Englisch
von Dorothea Ghasemi

mtb

Die Originalausgabe erschien 1998 unter dem Titel
Texas Two-Step bei MIRA Books, Toronto.

1. Auflage: 2022

Erstausgabe

Umschlaggestaltung von Zero Werbeagentur, München
Umschlagabbildung von PeopleImages / iStock, Sergiy Bykhunenko,
Hundley Photography / shutterstock
Gesetzt aus der Stempel Garamond
von GGP Media GmbH, Pößneck
Druck und Bindung von GGP Media GmbH, Pößneck
Printed in Germany
ISBN 978-3-7457-0195-1
www.harpercollins.de

Klimaneutral
Druckprodukt
ClimatePartner.com/15109-2009-1001

MIX
Papier
FSC FSC® C014496

1. Kapitel

Noch vor einem Monat war das hier ihr Elternhaus gewesen.

Elaine Frasier stand auf dem von Bäumen gesäumten Fußweg in dem texanischen Ort Promise und blickte starr auf das zweistöckige Haus mit dem Palisadenzaun. Das »Verkauft«-Schild sagte ihr, dass nichts mehr so sein würde wie früher. Ihr Vater war tot und ihre Mutter weggezogen.

In diesem Haus war sie geboren worden und aufgewachsen. Unzählige Male war sie über den Rasen im Vorgarten gelaufen und auf den Hickorybaum geklettert, um sich kopfüber von einem Ast baumeln zu lassen. Und auf der Veranda hatte sie ihren ersten Kuss bekommen.

Unzählige Male hatte ihr Vater sie auf den Verandastufen fotografiert. Als Baby auf dem Arm ihrer Mutter am Tag der Entlassung aus dem Krankenhaus in Brewster. Jedes Jahr zu Ostern in einem neuen Kleid und zu Halloween in einem neuen Kostüm, das ihre Mutter für sie genäht hatte. Ihr Vater hatte darauf bestanden, sie auf diesen Stufen abzulichten, als man sie mit achtzehn zur Rodeoprinzessin gekürt hatte. Damals hatte er gesagt, er würde sie dort auch in ihrem Hochzeitskleid fotografieren.

Doch ihr Vater konnte sie nicht mehr zum Altar führen.

Die Trauer, die sie jetzt überwältigte, kannte sie mittlerweile gut. Schon seit Wochen verspürte sie diesen Schmerz, schon seit ihr Vater im Krankenhaus gelegen hatte. Sie hatte nicht wahrhaben wollen, dass er tatsächlich todkrank war – die Väter anderer Leute konnten sterben, aber doch nicht ihr eigener. Er hatte noch so jung und vital gewirkt, dass sie sich geweigert hatte, das Unausweichliche zu akzeptieren, und deshalb traf sein Tod sie umso mehr.

Ihrer Mutter zuliebe musste Elaine jedoch stark sein. Genau wie ihr Vater war sie sehr energisch, selbstständig und dickköpfig, ihre Mutter Pam hingegen ziemlich emotional und zerbrechlich. Da sie es nicht geschafft hatte, sich um die Beerdigung und alles, was damit zusammenhing, zu kümmern, hatte Elaine die ganze Organisation übernehmen müssen.

Eine Woche nach der Beerdigung kam der größte Schock für Elaine, als Pam urplötzlich verkündete, sie würde nach Chicago zu ihrer Schwester ziehen. Unverzüglich hatte sie das Haus zum Verkauf ausgeschrieben, und schon ein paar Tage später war ein Käufer gefunden – dann war sie weg gewesen, bevor Elaine realisiert hatte, wie ihr geschah. Alles, was Pam nicht mitgenommen hatte, hatte Elaine bekommen. Dazu gehörte auch das familieneigene Futtermittelgeschäft, mit dem Pam nichts zu tun haben wollte. John hatte immer gewollt, dass seine Tochter es irgendwann einmal übernahm.

Elaine straffte sich, denn es hatte keinen Sinn, das Unvermeidliche hinauszuzögern. Mit dem Schlüssel in der Hand ging sie zum letzten Mal die fünf hölzernen Stufen hoch. Einen Moment stand sie da, dann zwang sie sich, die Tür aufzuschließen.

Im Flur standen zahlreiche aufeinandergestapelte Kartons. Sie hatte eine ungefähre Vorstellung davon, was sich darin befand. Erinnerungen.

Über die konnte sie sich jetzt allerdings keine Gedanken machen. Sobald sie die Sachen zu dem Haus gebracht hatte, das sie für sich gemietet hatte, musste sie schleunigst ins Geschäft zurück. George Tucker, ihr Mitarbeiter, der schon für ihren Vater gearbeitet hatte, war zwar vertrauenswürdig und zuverlässig, aber sie trug nun die alleinige Verantwortung für Frasier Feed.

Das bedeutete auch, dass sie es sich nicht leisten konnte, richtig zu trauern. Im Juni kauften die Rancher aus der Umgebung nämlich besonders viel bei ihr, weil der Bedarf an Futter im Sommer immer größer war.

Als sie zum dritten Mal zu ihrem Pick-up ging, bedauerte Elaine, dass sie Glens Angebot, ihr zu helfen, abgelehnt hatte. Glen Patterson war wohl der beste

Freund, den sie je gehabt hatte. Sie kannte ihn schon fast ihr ganzes Leben. Als Kinder hatten sie während der Schulzeit allerdings kaum etwas miteinander zu tun gehabt, weil Glen ein paar Jahre älter war als sie.

Die Pattersons kauften ihr Futter schon seit Jahren bei ihnen. Ihr Vater und Glens Dad hatten bereits auf der Highschool zusammen Fußball gespielt, und seit einigen Jahren kam Glen immer alleine zu ihnen, um Nachschub für seine Farm zu kaufen. Nachdem Elaine angefangen hatte, ganztags für ihren Vater zu arbeiten, hatte sie sich schließlich mit ihm angefreundet.

Sie war eine schlagfertige Person, und Glen hatte denselben Humor wie sie. Sie plauderten immer bei einer Tasse Kaffee – bei schönem Wetter draußen auf der Bank, sonst in ihrem Büro. Mit ihm konnte sie über alles reden. Sie schätzte seinen gesunden Menschenverstand und seine nüchterne Art, denn im Gegensatz zu ihm neigte sie dazu, sich viel zu viele Sorgen zu machen. Sein Lieblingsspruch war »Verwechsel Aktivität nicht mit Fortschritt«. Beinah glaubte sie, es Glen in diesem Moment sagen zu hören.

Sein letzter Besuch war schon über eine Woche her, und Elaine vermisste ihn. Er schaffte es stets, sie abzulenken und zum Lächeln zu bringen. Vielleicht konnte er sogar jetzt ihren Kummer lindern. Als er angeboten hatte, ihr beim Durchsehen der Kartons zu helfen, hatte sie jedoch abgelehnt. Früher oder später musste sie sich zwar mit diesen Erinnerungen auseinandersetzen, aber das tat sie lieber allein.

Kaum war Elaine im Geschäft angekommen, war dort auch schon die Hölle los. Sie hätte gern noch etwas Zeit für sich gehabt, doch andererseits war es vielleicht besser, wenn sie so viel um die Ohren hatte, weil sie dann weniger grübelte.

Es war fast zwei, als Elaine sich endlich für zehn Minuten in ihr Büro zurückziehen konnte, um sich zu sammeln und Mittagspause zu machen. Obwohl sie überhaupt keinen Appetit hatte, zwang sie sich, ein halbes Sandwich und einen Apfel zu essen. Als sie ihre Mailbox durchging, fand sie auch einen entgangenen Anruf von Glen. Es war ungewöhnlich, dass er tagsüber anrief, vor allem im Frühsommer, wenn er meistens bei der Herde war. Allein dass er an sie gedacht hatte, heiterte sie auf.

Seit seine Eltern in die Stadt gezogen waren und eine Bed-and-Breakfast-Pension eröffnet hatten, führte er die Ranch zusammen mit seinem älteren Bruder Cal. Da sie fast alles selbst machten und nur bei Bedarf Saisonarbeiter beschäftigten, konnten sie sich bisher in den schwarzen Zahlen halten. Vor einigen Jahren hatten sie außerdem begonnen, ihre Rinder mit denen von Grady Weston zu kreuzen.

Das Bürotelefon klingelte, und Elaine nahm ab. »Frasier Feed.«

»Gut, dass ich dich erwische, Elaine. Hier ist Richard Weston.«

Sie hatte zwar Glen erwartet, freute sich aber trotzdem. Vor Kurzem war Richard nach sechsjähriger

Abwesenheit nach Promise zurückgekehrt, und sie war ein paarmal mit ihm ausgegangen, bevor sich der Zustand ihres Vaters verschlechtert hatte.

»Wie geht es dir?«, erkundigte sich Richard besorgt.

»Gut«, erwiderte sie automatisch. Vielleicht ist Glen der Einzige, mit dem ich über meinen Schmerz reden könnte, überlegte sie. Doch es war noch zu früh. Jetzt musste sie erst einmal den Alltag bewältigen.

»Ich habe in den letzten Wochen oft an dich gedacht.«

»Das weiß ich wirklich zu schätzen, Richard.« Sie war damals noch zur Schule gegangen, als er Promise verlassen hatte, und Elaine war wie alle Mädchen in ihrer Klasse in Richard verliebt gewesen. Noch immer war er der attraktivste Mann der Stadt, und im Gegensatz zu den anderen Ranchern wirkte er richtig weltgewandt. Zur Beerdigung ihres Vaters hatte er ein großes Blumenarrangement geschickt, das Anlass zu einigem Klatsch gewesen war. Sie war sehr gerührt gewesen, dass er an sie gedacht hatte.

»Ich habe deine Dankeskarte bekommen«, sagte Richard. »Die Blumen waren das Mindeste, was ich tun konnte.«

»Mom und ich wissen das wirklich zu schätzen.«

»Ich würde gern mehr für dich tun«, erklärte er sanft. »Wenn du irgendetwas brauchst, ruf mich an.«

»Das werde ich.« Insgeheim bezweifelte sie allerdings, dass sie von seinem Angebot Gebrauch machen würde, denn sie musste erst allein mit ihrer Trauer fertigwerden. Ihr Vater war genauso gewesen.

»Weißt du, Elaine«, fuhr Richard fort. »Ich glaube, es würde dir guttun, mal rauszukommen.«

Ein Date? Das kam gerade wirklich nicht infrage. Dazu war sie noch nicht bereit, und außerdem hatte sie so viel zu erledigen. Elaine wollte gerade widersprechen, als er weitersprach:

»Nell Bishop gibt am Freitagabend eine Geburtstagsparty für Ruth und hat alle eingeladen. Hättest du Lust, mit mir hinzugehen?«

Elaine zögerte.

»Du musst unbedingt mal abschalten«, fügte er eindringlich hinzu.

Sie war auch zu der Party eingeladen und war zwar überhaupt nicht in der Stimmung für eine Feier, doch Nell war eine gute Freundin und Kundin von ihr, deshalb hatte sie wohl keine Wahl.

»Ich werde aber nicht lange bleiben«, meinte sie schließlich.

»Kein Problem«, versicherte er schnell. »Ich habe sowieso nur zugesagt, weil ich mit dir hingehen wollte.«

»Das ist lieb von dir, Richard!«

»Hey, so bin ich nun mal.«

»Wenn es dir wirklich nichts ausmacht, früh zu gehen, würde ich dich gern begleiten.« Elaine hatte Ruth Bishop schon immer gerngehabt. Ruth und Nell hatten sich gegenseitig beigestanden, um Jakes Tod zu verkraften. Nell hatte ihre große Liebe verloren und Ruth ihren Sohn. Für Nell war es sehr schwer gewesen, die Ranch über Wasser zu halten, und Ruth hatte ihr nach Kräften geholfen. Offenbar wollte Nell sich mit dieser Party bei ihrer Schwiegermutter bedanken.

»Ich hole dich gegen sechs ab«, schlug Richard vor.

»Super, vielen Dank.« Sie plauderten noch einen Moment, und als Elaine schließlich auflegte, stellte sie fest, dass sie sich richtig auf den Abend freute. Es würde ihr guttun, mal wieder zu lachen, und mit Richard hatte man immer viel Spaß.

***

Glen Patterson und sein Bruder ritten in der prallen Sonne und trieben ihre Herde auf eine weiter entfernte Weide. Zusammen mit zwei Aushilfscowboys hatten sie die fast vierhundert Rinder vorher geimpft. Die Herde zu impfen gehörte nicht gerade zu Glens Lieblingsaufgaben. Trotzdem war es immer noch besser, als die Kühe und Färsen auf Anzeichen für eine Trächtigkeit zu untersuchen.

Glen nahm seinen Stetson ab und wischte sich den Schweiß von der Stirn. Dann warf er einen Blick auf seine Armbanduhr. Fast den ganzen Tag lang hatte er an Elaine gedacht. Er hätte an diesem Morgen trotzdem zum Haus ihrer Eltern fahren sollen, denn sie hätte Hilfe gebrauchen können, egal, was sie gesagt hatte. Die Frau war nur so verdammt stur! Seiner Ansicht nach hatte sie sein Angebot vor allem aus Stolz abgelehnt. Am liebsten hätte er ihr gesagt, dass sie ihren Kummer nicht vor ihm verbergen musste und ruhig Hilfe annehmen konnte. Allerdings wusste er, dass das zu nichts führen würde, und so war ihm nichts anderes übrig geblieben, als ihre Entscheidung zu akzeptieren.

»Ich reite jetzt zurück«, sagte er zu seinem Bruder. Sie hatten die Weide erreicht, und die Rinder verteilten sich nun.

Cal ließ die Nachzügler nicht aus den Augen. »Fährst du in die Stadt?«

»Das hatte ich eigentlich vor«, erwiderte Glen widerstrebend. Dass sein Bruder seine Gedanken lesen konnte, war ihm manchmal richtig unheimlich. Und es ging ihm auf die Nerven!

Ein Lächeln umspielte Cals Mundwinkel. »Du willst Elaine besuchen, stimmt's?«

»Und wenn schon.« Sein Bruder hatte nie verstanden, dass Glen und Elaine lediglich gute Freunde waren. Allerdings hatte Cal auch ein gespaltenes Verhältnis zu Frauen. Wenn eine Frau Glen in aller Öffentlichkeit so bloßgestellt hätte, wie Jennifer Healy es mit seinem Bruder getan hatte, wäre er vermutlich auch nicht so gut auf das andere Geschlecht zu sprechen gewesen. Trotzdem ärgerte er sich manchmal über Cals Einstellung.

»Ihr beide solltet euch über einiges klar werden«, verkündete Cal, als würde der Altersunterschied von zwei Jahren ihm unermessliche Weisheit verleihen.

»Was meinst du damit?«

»Zwischen euch läuft was.«

»Stimmt«, bestätigte Glen, was seinen Bruder zu überraschen schien. »Wir sind Freunde. Ist das so schwer zu verstehen?« Glen wusste nicht, was mit Cal und vielen seiner anderen Freunde los war. Selbst Grady Weston, sein ältester Freund, dachte offenbar, dass Elaine und ihn mehr verband als nur Freundschaft.

Tatsache war, dass sie in vier Jahren nicht einmal Händchen gehalten hatten. Er fühlte sich in Elaines Gesellschaft wohl und sie sich in seiner. Falls sich mehr daraus entwickelte, würde es eine der besten Freundschaften zerstören, die er je gehabt hatte. Elaine sah das genauso. Sie hatten zwar nie darüber gesprochen, aber dazu gab es auch keinen Grund. Es war eine stillschweigende Übereinkunft.

»Elaine und ich haben eine Abmachung«, erklärte Glen also. »Genau wie wir beide nie über Bitter End sprechen.«

Cal kniff die Augen zusammen. Nur wenige Familien in Promise wussten von der Geisterstadt in den Bergen, und kaum jemand redete je davon. Einmal, als Teenager, hatten Cal, Glen und Grady beschlossen, die Stadt zu suchen. Für sie war es ein Abenteuer, etwas, womit sie vor ihren Freunden angeben konnten. Sie hatten Wochen gebraucht, bis sie sie tatsächlich entdeckt hatten, und die Atmosphäre dort war so unheimlich gewesen, dass sie nie wieder dorthin zurückgekehrt waren.

»Was hat Bitter End mit Elaine zu tun?«, fragte Cal.

»Nichts. Ich meine nur, dass wir beide nicht über das und Elaine und ich nicht über unsere Beziehung reden, weil keiner von uns an einer Romanze interessiert ist. Warum ist das so schwer zu begreifen?«

»Na gut.« Cal schnaufte verächtlich. »Glaub, was du willst, und ich werde so tun, als würde ich nicht merken, was los ist.«

Nun verlor Glen die Geduld. »Ja, mach das, großer Bruder. Wir sehen uns dann heute Abend.« Er hatte es eilig. Elaine mochte so tun, als wäre es nichts Besonderes, ihr Elternhaus auszuräumen, doch er wusste es besser.

»Wann auch immer«, erwiderte Cal ohne großes Interesse.

Glen trieb Moonshine zu einem langsamen Galopp an und ritt auf das Ranchhaus zu. Eines Tages würde Cal die richtige Frau finden, und dann würde er den Mund halten. Seiner Meinung nach hatte Cal Glück im Unglück gehabt, denn Jennifer Healy war wirklich nichts Besonderes gewesen. Nur leider sah sein großer Bruder das anders.

Als Glen wieder an Elaine dachte, lächelte er. Fast konnte er sie lachen hören. Genau das war es, was sie jetzt brauchte – einen Grund zum Lachen. Sie hatte ihre Gefühle viel zu lange für sich behalten.

Er beschloss, erst zu duschen, anschließend etwas zu essen und sich dann auf den Weg zu machen. Sollte Cal doch ruhig fernsehen – Glen hatte etwas Besseres vor. Etwas viel Besseres.

***

Sein Mund war wie ausgetrocknet, als Grady Weston das Ranchhaus betrat, und deswegen ging er gleich zum Kühlschrank. Seine Schwester Savannah machte jeden Nachmittag einen Krug Eistee für ihn und Laredo. Er nahm den Krug aus dem Kühlschrank und trank gleich daraus.

»Grady!« Savannah kam mit einem Arm voll frisch geschnittener Rosen herein, deren intensiver Duft sofort den Raum erfüllte. Sein alter Hund Rocket folgte ihr auf wackeligen Beinen.

Nachdem Grady noch einen Schluck getrunken hatte, stellte er den Krug auf den Küchentresen und wischte sich mit dem Handrücken den Mund ab. »Wo ist Richard?«, fragte er, denn er hatte keine Lust, sich einen Vortrag über seine schlechten Manieren anzuhören.

Okay, er hätte sich ein Glas nehmen können, aber er war müde und durstig, verdammt! Und als er nun aus dem Fenster sah und feststellte, dass sein Pick-up nicht in der Auffahrt stand, wurde er auch noch wütend. Sollte sich herausstellen, dass sein Taugenichts von einem Bruder damit weggefahren war, konnte der sich auf etwas gefasst machen.

»Ich … weiß nicht, wo er ist.« Savannah senkte den

Blick, ein sicheres Zeichen dafür, dass sie eine Vermutung hatte, es aber nicht sagen wollte.

»Er hat den Wagen genommen, stimmt's?«

Sie zuckte die Schultern und nickte schließlich.

»Das habe ich mir gedacht«, knurrte er unwirsch. Vor sechs Jahren hatte Richard das Geld gestohlen, das ihre Eltern ihnen hinterlassen hatten, und war damit verschwunden. Savannah und Grady hatten mit dem Tod ihrer Eltern, den Erbschaftssteuern und allen rechtlichen Problemen allein fertigwerden müssen, während Richard das ganze Erbe verprasst hatte. Vor ein paar Monaten war er dann plötzlich wiederaufgetaucht, ohne Job und ohne einen Cent in der Tasche. Angeblich hatte er eine Bleibe gebraucht, bis der Scheck über seine Abfindung eintraf. Savannah glaubte Richard diese Geschichte, aber Grady würde ihm so schnell nicht wieder vertrauen.

Er hätte ihn gleich rausgeschmissen, wenn seine gutherzige Schwester nicht gewesen wäre. Er hatte einige Male die Gelegenheit dazu gehabt, zum Beispiel als Richard eine Party auf seine Kosten gegeben hatte. Allerdings *wollte* er glauben, dass Richard sich verändert hatte, selbst wenn alles dagegen sprach. Da Grady der Älteste von ihnen war, fühlte er sich verantwortlich. Er wollte das Andenken seiner Eltern in Ehren halten und die Ranch nicht verlieren.

Ihre Mutter hatte Richard nach Strich und Faden verwöhnt, denn er war ihr Liebling gewesen. Auch wenn sie zu seinem Egoismus beigetragen hatte, so hätte sie von Grady erwartet, dass er Richard wieder bei sich aufnahm. Sogar jetzt, sechs Jahre nach ihrem Tod, buhlte er noch um ihre Anerkennung.

»Wo ist er diesmal hingefahren?«, fragte er. Am meisten ärgerte er sich über sich selbst. Richard verstand es hervorragend, andere zu manipulieren, denn er war charmant und wortgewandt. Grady hingegen war oft kurz angebunden und wurde schnell laut. Er wünschte, er hätte auch nur annähernd so viel Erfolg bei Frauen wie Richard, doch er war zu alt und zu dickköpfig, um sich noch zu ändern.

Savannah schüttelte langsam den Kopf.

»Heißt das, du weißt nicht, wohin er gefahren ist, oder du willst es mir nicht sagen?«

»Beides.«

Trotz seines Zorns musste er lächeln, dann setzte er sich an den Tisch. »Wahrscheinlich hätte ich ihm die Schlüssel sowieso gegeben, wenn er mich gefragt hätte.«

»Ich ... habe ihm die Schlüssel zwar nicht gegeben, ihm aber gesagt, wo sie sind.«

Savannah nahm ihm gegenüber Platz. Dabei fiel ihm auf, wie schön sie war. Noch vor wenigen Monaten war sie für ihn lediglich Savannah, seine gutherzige kleine Schwester, gewesen. Eine Frau, die nie vorschnell urteilte und ein großes Herz hatte, die mit ihrem ruhigen Leben immer zufrieden gewesen war.

Dann hatte sie sich eines Tages aus heiterem Himmel verändert. Nein, korrigierte sich Grady, sie war immer stark gewesen, doch er hatte diese Eigenschaften nicht bemerkt oder zu schätzen gewusst. Sie hatte angefangen, ihre eigenen Bedürfnisse zu befriedigen, und ihm klargemacht, dass sie mehr vom Leben erwartete, als er dachte. Der Grund dafür war Laredo Smith gewesen, ein Herumtreiber, der plötzlich in ihr Leben getreten war. Ein Cowboy. Ein Geschenk des Himmels. Er und Grady waren jetzt Geschäftspartner, und Savannah und Laredo hatten vor einigen Wochen im kleinen Kreis in Savannahs Rosengarten geheiratet. Bald würden sie sich ein eigenes Haus bauen und Kinder bekommen. Grady freute sich schon darauf, Kinder auf der Ranch zu haben.

»Wann ist er weggefahren?« Müde rieb Grady sich das Kinn. Die Probleme mit Richard schienen immer mehr zu werden. Der angekündigte Scheck war auch noch nicht eingetroffen – vermutlich hatte Richard überhaupt keine Abfindung bekommen. Allerdings hatte er es irgendwie geschafft, Grady fünfhundert Dollar zurückzuzahlen.

Zum Glück setzte Savannah sich nicht mehr für ihn ein und war seinetwegen genauso beunruhigt wie Grady. Trotzdem brachten es beide nicht übers Herz, Richard endgültig hinauszuwerfen, zumal er wenigstens halbherzig versuchte, sich auf der Ranch nützlich zu machen.

»Ungefähr um drei.«

»Er ist nicht in die Stadt gefahren, stimmt's?«

Savannah zögerte, bevor sie antwortete. »Ich glaube nicht, aber er hat mir nicht gesagt, wohin er wollte.«

»Ich hätte heute Nachmittag Hilfe gebrauchen können«, erklärte Grady leise.

Doch Richard hatte sich noch nie zum Rancher geeignet, was seinen Worten zufolge auch der Grund gewesen war, warum er mit dem Geld durchgebrannt war. Da er keinen Anspruch auf die Ranch erhob, wäre es sein Erbe gewesen, wie er behauptete.

»Er wirkt ziemlich beschäftigt«, sagte Savannah. Keiner von ihnen wusste, was Richard die ganze Zeit machte, denn oft verschwand er einfach und tauchte erst nach einigen Stunden wieder auf.

»Ich habe gehört, wie er mit Elaine telefoniert hat«, fuhr sie fort. »Er hat sie zu Ruths Geburtstagsparty eingeladen.«

Grady war nicht entgangen, dass Richard sich für Elaine interessierte, und er hoffte, dass Richards Interesse nicht vielmehr Elaines Geschäft galt.

»Sie weiß es nicht, oder?«, fragte Savannah.

Er schüttelte den Kopf. Nur wenige Leute in Promise wussten davon, dass Richard sie an dem Tag, als sie ihre Eltern beerdigt hatten, bestohlen hatte. Erst nach sechs Jahren, als er selbst Hilfe gebraucht hatte, war er wieder aufgetaucht.

Grady fluchte leise und wartete auf eine Strafpredigt. Savannah sagte jedoch nichts, denn im nächsten Moment wurde die Fliegentür geöffnet, und Laredo betrat die Küche. Beide tauschten einen zärtlichen Blick, während Laredo sich ein Glas Eistee einschenkte. Nachdem er es in wenigen Zügen geleert hatte, stellte er es weg und zog Savannah an sich.

Noch nie zuvor hatte Grady zwei Menschen gesehen, die sich mehr liebten als die beiden. Für ihn war es ein fast schmerzlicher Anblick, weil es ihn daran erinnerte, wie einsam er selbst war. Er wusste, dass er kein besonders einfacher Mensch war, und bezweifelte, dass sich je eine Frau in ihn verlieben würde. Trotzdem wünschte er sich, genauso glücklich zu werden wie Savannah und Laredo.

Noch nie zuvor hatte er sich einsam gefühlt oder ans Heiraten gedacht. Außerdem hatte er bisher keine Zeit gehabt, sich darüber den Kopf zu zerbrechen, denn er hatte die letzten sechs Jahre geschuftet, um die Ranch aus den Schulden herauszubringen. Wenn in diesem Jahr alles gut ging, würden sie wieder in die schwarzen Zahlen kommen.

»Caroline kommt später vorbei«, sagte Savannah leise.

Grady war nicht sicher, an wen ihre Worte gerichtet waren. Caroline Daniels war Savannahs beste Freundin und die Postmeisterin in Promise. Er kam einfach nicht mit ihr klar, fürchtete aber, dass Savannah ihn immer noch mit ihr verkuppeln wollte. In letzter Zeit hatten die beiden oft zusammengesessen und Entwürfe für Savannahs und Laredos Haus entwickelt. Deshalb war auch Maggie, Carolines fünfjährige Tochter, häufig bei ihnen gewesen. Da er die Kleine vor Kurzem durch seine Grimmigkeit verschreckt hatte, ging sie ihm jetzt leider meistens aus dem Weg. Umso mehr ärgerte es ihn, dass Maggie seinen Bruder, diesen Charmeur, ins Herz geschlossen hatte und ihm praktisch aus der Hand fraß.

Dass Grady sich ständig mit Caroline stritt, war wohl hauptsächlich seine Schuld. Er bewunderte Menschen, die aus ihrer Meinung keinen Hehl machten, doch sie tat es für seinen Geschmack etwas zu oft.

»Gehst du auch zu Ruths Geburtstagsparty?«, erkundigte sich Savannah.

Grady zögerte einen Moment, bevor er antwortete. »Ich glaube nicht.«

Das hatte sie offenbar nicht hören wollen. »Und warum nicht?«

Er war es nicht gewohnt, Rechenschaft abzulegen, doch in diesem Moment blieb ihm wohl nichts anderes übrig.

»Brauche ich dafür einen Grund?«

»Laredo und ich gehen hin.« Sie legte Laredo die Arme um die Taille. »Ruth ist ein Schatz, und es ist Nell echt wichtig, dass viele Leute kommen.«

»Cal geht auch nicht hin«, konnte er sich nicht verkneifen zu sagen.

»Genau das meine ich ja«, erklärte sie. »Wenn du nicht aufpasst, endest du noch genauso wie er.«

»Und was stimmt mit Cal nicht?«, fragte er, obwohl er wusste, was sie meinte. Grady fand Cals abneigende Haltung gegenüber Frauen etwas übertrieben, aber dies war nicht der richtige Zeitpunkt, es zuzugeben.

»Nichts, was die richtige Frau nicht beheben könnte.«

»Savannah möchte, dass du mit Caroline hingehst«, warf Laredo ein. Er redete nicht viel, doch wenn er es tat, kam er gleich zur Sache.

»Ich soll *was*?« Grady tat so, als würde er schlecht hören.

Savannah fand es offenbar nicht komisch. »Gibt es ein Problem mit Caroline?« Ihre Augen funkelten kampflustig.

»Na ja …«

»Du kannst dich glücklich schätzen, wenn eine Frau wie sie dich irgendwohin begleitet!«

»Oh ja, natürlich«, erwiderte er sarkastisch.

»Grady!«

Er lachte und hob resigniert die Hände. »Caroline ist in Ordnung. Wir sind nur in vielen Dingen unterschiedlicher Meinung, und das weißt du auch, Savannah. Ich mag sie, aber ich kann mir nicht vorstellen, mit ihr auszugehen.«

»Wegen Maggie?«, erkundigte sich Savannah.

»Nein«, versicherte er, da er wusste, wie nahe sie und Maggie sich standen.

»Savannah dachte, wir könnten zu viert zu Ruths Party gehen«, erklärte Laredo.

»Caroline und ich?« Grady beugte sich vor und klopfte sich übertrieben belustigt auf die Schenkel. »Caroline und ich mit euch beiden?« Das wurde ja immer besser. Die beiden Turteltauben und er … mit Caroline. Wirklich eine tolle Idee! Sie beide konnten ja kaum ein Wort miteinander wechseln, ohne aneinanderzugeraten. »Ihr macht hoffentlich Witze.«

»Offenbar nicht«, ließ sich eine kühle Stimme von der Hintertür her vernehmen.

Grady erstarrte. Caroline Daniels hatte mit ihrer Tochter Maggie die Küche betreten, und es war offensichtlich, dass sie alles gehört hatte.

2. Kapitel

Als Elaine das kleine Haus betrat, das sie gemietet hatte, fiel ihr Blick auf die Kartons, die aufeinandergestapelt an der hinteren Wand im Wohnzimmer standen. Am liebsten wollte sie sie außer Sichtweite bringen und die Sachen ihres Vaters dann aussortieren, wenn sie sich dieser Aufgabe gewachsen fühlte.

Doch sie wollte es auch nicht aufschieben, denn schließlich hatte ihr Vater ihr beigebracht, niemals etwas hinauszuzögern. Außerdem würde sie ohnehin ständig daran denken müssen.

Es wäre leicht gewesen, ihre Wut auf ihre Mutter zu konzentrieren, aber sie war reflektiert genug, um zu erkennen, dass diese ihr Leben lang verwöhnt worden war. Bereits als sie noch ein Kind gewesen war, hatte ihre Familie alles Unangenehme von ihr ferngehalten. Und John Frasier hatte sie wie eine zarte Blüte behandelt und immer beschützt.

Allerdings musste man Pam zugutehalten, dass sie ihr Möglichstes getan hatte. Im Krankenhaus hatte sie an seinem Bett gesessen, sooft sie konnte. Doch leider hatte sie fast genauso viel Zuwendung gebraucht wie ihr Mann, weil sie mit Krankheit und Tod schlecht umgehen konnte. Daher war es vor allem Elaine zugefallen, ihrem Vater beizustehen.

Mit den Erinnerungen fertigzuwerden war offenbar eine weitere Verpflichtung, der ihre Mutter nicht gewachsen war. Seufzend krempelte Elaine die Ärmel hoch und öffnete den ersten Karton.

Darin befand sich Arbeitskleidung, die die Leute von der Umzugsfirma eingepackt hatten. Sanft strich Elaine über den Lieblingspullover ihres Vaters, den Pam schon vor langer Zeit hatte wegwerfen wollen, weil sie ihn für zu schäbig hielt. Es wunderte Elaine, dass die beiden überhaupt geheiratet hatten, so verschieden, wie sie waren. Sie hatten sich kennengelernt, als John bei der Armee gewesen war, und vermutlich hatte Pam sich mehr in seine Uniform verliebt. Kurz darauf heirateten sie, kehrten nach Johns Entlassung nach Promise zurück, und er begann, im Geschäft seines Vaters zu arbeiten. Zwei Jahre später kam nach einer schwierigen Schwangerschaft Elaine zur Welt, und John versicherte seiner Frau, er wäre mit einem einzigen Kind zufrieden. Bereits als junges Mädchen war Elaine klar, dass er sich wünschte, sie würde eines Tages das Geschäft übernehmen. Sie studierte Betriebswirtschaftslehre an der University of Texas in Austin, und obwohl sie gelegentlich auf Dates ging, ließ sie nie zu, dass sich etwas

Ernstes daraus entwickelte. Nach dem Examen war sie nach Promise zurückgekehrt, hatte sich dieses Haus in der Nähe ihres Elternhauses gemietet und begonnen, für ihren Vater zu arbeiten.

Elaine nahm den Pullover heraus, ließ die restlichen Sachen jedoch im Karton und stellte diesen zusammen mit den nächsten beiden beiseite. Die karitativen Organisationen im Ort konnten Kleiderspenden gut gebrauchen. Nachdem sie den vierten Karton geöffnet hatte, hielt sie inne. Auf einem Fotoalbum lag hier die alte Familienbibel. Vorsichtig nahm sie das Buch, das sich seit über hundert Jahren im Besitz ihrer Familie befand, aus dem Schuber. Sie hatte es schon seit Jahren nicht mehr aufgeschlagen und gar nicht gewusst, wo ihre Mutter es aufbewahrt hatte.

Neugierig geworden, setzte Elaine sich aufs Sofa und legte die Bibel auf den Couchtisch. Dann beugte sie sich vor und öffnete das Buch. Während sie die Namen las, rief sie sich ins Gedächtnis, was ihr Vater ihr über ihre Vorfahren erzählt hatte.

Ihre Ururgroßeltern, Jeremiah und Esther Frasier, hatten all ihre weltlichen Besitztümer in einen Planwagen verladen und waren zusammen mit ihren drei Söhnen, die ebenfalls namentlich genannt waren, in Richtung Westen aufgebrochen, wo man den Siedlern Land versprochen hatte.

Edward Abraham, der jüngste Sohn, war nur fünf Jahre alt geworden. Die Todesursache war nicht genannt, es fand sich nur ein tränenverschmierter Verweis auf eine Bibelstelle, Matthäus 28, Vers 46. Elaine blätterte in der Bibel, bis sie die Stelle gefunden hatte: »Mein Gott, mein Gott, warum hast du mich verlassen?«

Sie glaubte, Esthers Schmerz deutlich zu spüren, und es fiel ihr schwer, weiterzulesen. Sie schlug das Buch zu und legte es weg – dabei fiel ein Stofffetzen aus den Seiten heraus auf den Couchtisch. Stirnrunzelnd nahm sie ihn in die Hand und betrachtete ihn. Es war ein quadratisches Stück Musselin, das ungefähr fünfzehn mal fünfzehn Zentimeter maß und stark vergilbt war. In der Mitte befand sich ein gesticktes Insekt, das wie ein riesiger Grashüpfer aussah und bis ins kleinste Detail liebevoll ausgearbeitet war. Sie überlegte, was daran so bedeutsam sein mochte, dass man es all die Jahre in der Familienbibel aufbewahrt hatte. Doch diese Frage musste ein andermal beantwortet werden.

Ihr Magen knurrte, und als sie einen Blick auf ihre Armbanduhr warf, stellte Elaine fest, dass sie seit fast sechs Stunden nichts mehr gegessen hatte. Sie brachte die Bibel in ihr Schlafzimmer und legte sie dort auf den Nachttisch. Dann ging sie in die Küche und sah in den Schränken nach, ob sie die Zutaten für einen Thunfischsalat zusammensuchen konnte.

Eine Stunde später, neben sich eine halb leere Schüssel mit Salat, fand Elaine den Karton mit den John-Wayne-Videos. Ihr Vater hatte den Duke sehr gern gemocht, und in seinen schwersten Stunden waren diese Filme die einzige Ablenkung gewesen, die ihm geholfen hatte. Spontan schob sie eine Kassette in den Videorekorder.

»MacLintock« mit Maureen O'Hara war einer ihrer Lieblingsfilme, und bereits nach kurzer Zeit war Elaine so gefesselt, dass sie beschloss, die restlichen Kartons später auszupacken. Sie dämpfte das Licht und setzte sich im Schneidersitz aufs Sofa. Dieser Klassiker war auch einer der Lieblingsfilme ihres Vaters gewesen. Erst vor wenigen Monaten hatte ihr Vater gesagt, wenn sie einmal heiraten sollte, dann am besten die Art von Mann, die John Wayne meistens darstellte.

Warum sie plötzlich weinen musste, wusste sie selbst nicht. Im einen Moment lachte sie an denselben Stellen, an denen sie sonst auch lachte, im nächsten kamen ihr die Tränen.

Sei nicht so sentimental, schalt sie sich, während sie sich die Augen mit einer Serviette abtupfte. Doch eine Minute später weinte sie wieder, und diesmal holte sie sich vorsorglich eine ganze Schachtel Taschentücher.

Schon bald wurde ihr klar, dass der Film endlich die Gefühle ausgelöst hatte, die sie in den letzten Wochen unterdrückt hatte. Daher schluchzte sie nun ungehemmt. Irgendwann hielt sie jedoch inne, weil sie glaubte, etwas gehört zu haben.

Als sie das Geräusch wieder hörte, stöhnte sie.

Es war die Türklingel.

Am liebsten hätte Elaine nicht geöffnet, doch ihr Wagen stand draußen und jeder Besucher konnte sehen, dass sie zu Hause war.

Widerstrebend stand sie auf und ging zur Tür. Sie blickte durch den Spion, sah aber niemanden.

»Wer ist da?«, fragte sie.

»Der große, böse Wolf.«

Glen.

»Verdammt!«, fluchte sie leise. Laut rief sie: »Geh weg. Ich bin nicht salonfähig.« Er war zwar ihr Freund, doch sie wollte nicht, dass er oder sonst jemand sie in diesem Zustand sah.

»Komm schon, Elaine, mach auf.«

Elaine zögerte.

»Elaine, nimm dir ein Handtuch oder was auch immer, und lass mich rein.«

Glen drehte den Knauf. Das hatte sie nun davon, dass sie nie die Haustür abschloss. Allerdings war das in einer Kleinstadt wie Promise auch nicht notwendig.

»Na gut, komm rein«, sagte sie und öffnete die Tür von innen.

»Du bist ja doch angezogen«, stellte er überrascht fest. »Ich dachte, du …« Offenbar sah er, dass sie geweint hatte, denn er verstummte.

Sie straffte sich, weil sie nicht wusste, wie er reagieren würde. Bisher hatte weder er noch sonst jemand sie je weinen sehen.

Sanft legte er ihr die Hand auf die Schulter. »Ich habe es mir schon gedacht.«

Ihr wäre es lieber gewesen, wenn er das Ganze ins Lächerliche gezogen hätte.

»Es ist der Film.« Elaine deutete auf den Fernseher im Wohnzimmer. Zu ihrem Entsetzen kamen ihr wieder die Tränen.

»Elaine?«

Sie wandte sich ab. »Ich bin momentan in keiner guten Stimmung«, brachte sie hervor.

»Möchtest du, dass ich wieder gehe?«

Elaine war sich nicht sicher. Sie konnte sich nicht entsinnen, sich je so einsam gefühlt zu haben. Ihr geliebter Vater war von ihr gegangen, und ihre Mutter hatte sie praktisch verlassen.

»Elaine?«, hakte Glen nach, und ihr wurde bewusst, dass sie sich nach seiner Gesellschaft sehnte.

»Würde … würde es dir etwas ausmachen, eine Weile zu bleiben?«, brachte sie hervor.

»Natürlich nicht.« Er legte ihr den Arm um die Schultern und führte sie zum Sofa. »Setz dich. Ich hole dir etwas zu trinken.«

Elaine nickte. Wieder einmal war sie dankbar dafür, dass Glen Patterson ihr Freund war. Ein starker Drink war genau das, was sie brauchte. Es würde den Schmerz betäuben.

Nach wenigen Minuten kehrte Glen mit einem Glas zurück, das er ihr reichte.

Während sie einen kleinen Schluck trank, versuchte sie sich daran zu erinnern, was sich in dem Fach über dem Kühlschrank befand. Wodka? Gin?

Prompt musste sie husten.

Glen klopfte ihr auf den Rücken.

Sobald sie sich wieder gefangen hatte, funkelte sie ihn aus zusammengekniffenen Augen an. »Du hast mir *Eiswasser* gebracht?«, rief sie. Der Mann hatte offenbar keine Ahnung, was sie durchmachte.

»Ja, warum denn nicht?« Glen sah sie verwirrt an.

Resigniert bedeutete sie ihm, Platz zu nehmen, und er setzte sich zu ihr aufs Sofa.

»Möchtest du darüber reden?«

»Nein. Lass uns einfach nur den Film ansehen.«

»Na gut.« Er lehnte sich zurück, schlug die Beine übereinander und legte die Arme auf die Rückenlehne.

Vergeblich bemühte sich Elaine, sich auf den Film zu konzentrieren und die Tränen zurückzuhalten. Zuerst versuchte sie es mit Blinzeln, aber es half genauso wenig, wie an die Decke zu sehen. Sie trank das Wasser, und als es nicht mehr ging, griff sie wieder zu den Taschentüchern.

Glen legte ihr den Arm um die Schultern und zog sie an sich. »Es geht nicht um den Film, stimmt's?«

»Wie kommst du darauf?«, brachte sie unter Schluchzen hervor. »Ich bin, wie gesagt, momentan in keiner guten Stimmung.« Sie tupfte sich die Augen ab, und um sich abzulenken, zeigte sie ihm anschließend die alte

Bibel mit den Namen ihrer Vorfahren. Als sie über Edward Abrahams Tod sprach, kamen ihr erneut die Tränen.

»Komm«, sagte Glen sanft, »lass alles raus.«

Elaine unterdrückte einen Schluchzer. Es wäre besser gewesen, wenn er doch nicht geblieben wäre. Es war zwar schön, sich an jemanden anlehnen zu können – doch sie fürchtete sich davor, die Kontrolle zu verlieren, wenn sie ihren Gefühlen jetzt freien Lauf ließ.

»Es ist okay.« Nun klang er wie der ältere Bruder, den sie sich immer gewünscht hatte. Er drückte sie und stützte das Kinn auf ihren Kopf. »Wein ruhig. Es ist dein gutes Recht.«

»Ich konnte es einfach nicht fassen«, brachte sie hervor, das Gesicht an seiner Brust.

»Was?«, erkundigte er sich leise.

»Dass er sterben würde. Ich war nicht darauf vorbereitet.«

»Er war dein Vater, Elaine. Wie könnte man darauf vorbereitet sein, seinen Vater zu verlieren?«

»Ich … ich weiß nicht.« Heftige Schluchzer schüttelten sie. »Ich wollte dankbar sein, dass er gelebt hat, und mich nicht … nicht so gehen lassen.« Der Kummer überwältigte sie. Sie vermisste ihren Vater so sehr, alles, was sie sagte oder tat, erinnerte sie daran, wie nahe sie sich gestanden hatten. Sie konnte das Geschäft nicht betreten, ohne an ihn zu denken. Und wenn sie in den Spiegel sah, blickten ihr seine blauen Augen entgegen.

»Du *bist* doch dankbar dafür«, bemerkte Glen leise und streifte mit den Lippen ihr Haar. »Und er war furchtbar stolz auf dich.«

Obwohl Elaine das wusste, tat es gut, es aus seinem Mund zu hören. »Er war ein wundervoller Vater.«

»Der beste.« Mit dem Daumen fing er eine Träne auf, die ihr über die Wange lief.

So verharrte er einen Moment, und Elaine stellte fest, dass er überrascht wirkte. Wie gebannt blickten sie sich in die Augen, und bevor Elaine sich darüber klar werden konnte, was passierte, wurde ihr etwas anderes bewusst.

Glen war im Begriff, sie zu küssen.

Sie hätte sich abwenden und ihnen beiden die unweigerlich folgenden Peinlichkeiten ersparen können, doch sie war neugierig. Als er langsam den Kopf neigte, schloss sie die Augen. Fast rechnete sie damit, dass er sich im letzten Moment zurückziehen würde, aber er tat es nicht – und sie war froh darüber.

Sein Mund war warm. Nach der ersten zärtlichen Berührung schob Glen die Hände in ihr Haar und verstärkte den Druck seiner Lippen. Elaine spürte, wie erregt und gleichzeitig angespannt er war, und verstand es, weil es ihr genauso ging. Sie hatte sogar Schuldgefühle – das hier war Glen, ihr bester Freund …

Als Elaine die Fingernägel in seine Schultern krallte, küsste Glen sie noch leidenschaftlicher, und sie erwiderte seinen Kuss mit derselben Hingabe. Als er sich schließlich unvermittelt von ihr löste, atmeten sie beide schwer.

Langsam öffnete Elaine die Augen wieder. Glen blickte sie starr an und runzelte die Stirn.

»Was war das?«, flüsterte sie.

»Ein Kuss.« Es klang beinahe wütend.

»Das weiß ich. Ich meine … Warum?«

»Warum?«, wiederholte er unsicher. »Weil … weil du geweint hast.«

»Und?«

»Schocktherapie.« Er löste sich von ihr und rutschte dann schnell ans andere Ende des Sofas.

Sie blinzelte verwirrt.

»Es hat funktioniert«, fuhr er fort, als hätte er alles geplant. »Du weinst nicht mehr, stimmt's?«

Elaine fasste sich an die Wange. Glen hatte recht.

»Ich musste doch irgendetwas tun.« Nun klang er wieder wie sonst – selbstbewusst, nüchtern und ein wenig amüsiert.

»Irgendetwas«, wiederholte sie.

»Na ja, es geht dir doch besser, oder?«

Sie musste einen Moment darüber nachdenken. Es stimmte.

»He, ich wollte nicht …« Er verstummte und zögerte.

»Ich auch nicht«, versicherte sie schnell. Glen war ein verdammt guter Freund, und sie wollte die Freundschaft mit ihm nicht durch einen Kuss verderben.

Er entspannte sich sichtlich. »Gut.«

Elaine lächelte und nickte. »Allerdings muss ich zugeben, dass du gut küsst.«

»Verdammt gut.« In gespieltem männlichem Stolz streckte er die Brust heraus. »Du bist nicht die Erste, die das sagt.«

Sie verdrehte die Augen.

»Aber du bist auch nicht schlecht.«

»Als ob ich das nicht wüsste! Mir haben schon viele Typen gesagt, dass ich große Klasse bin.«

»Jetzt ist mir auch klar, warum.«

Daraufhin lachten sie beide, doch Elaine stellte fest, dass ihr Lachen etwas zittrig klang.

***

Glen war ziemlich durcheinander, als er eine Stunde später in die lange Auffahrt einbog, die zur Lonesome Coyote Ranch führte. Immer wenn er daran dachte, dass er Elaine geküsst hatte, begann er wieder zu zittern.

Er hatte einem verrückten Impuls nachgegeben und beinah den größten Fehler seines Lebens gemacht.

Daran war Cal schuld, denn er hatte behauptet, Elaine und ihn würde mehr als nur Freundschaft verbinden. Cal hatte es etwas zu oft gesagt, und verdammt – Glen schüttelte den Kopf –, im einen Moment hatte er Elaine angesehen, und im nächsten hatte er gewusst, dass sie sich gleich küssen würden. Und dass es so schön gewesen war, jagte ihm einen fürchterlichen Schreck ein. Damit hatte er nicht gerechnet.

Zum Glück war es ihm gelungen, das Ganze herunterzuspielen, und sie war offenbar genauso darauf erpicht gewesen, es zu vergessen. Zum ersten Mal hatte er sich in ihrer Gegenwart unbehaglich gefühlt, und das nur wegen eines spontanen Kusses, der nie hätte passieren dürfen.

Glen stoppte den Pick-up und blieb einen Moment in der Dunkelheit sitzen, um sich zu sammeln. Dabei dachte er daran, wie er sich von Elaine gelöst und wie sie ihn daraufhin angesehen hatte. Er hatte seine ganze Willenskraft aufbieten müssen, um sie nicht noch einmal zu küssen.

Zum Glück hatte er es nicht getan. Er hatte sofort das Haus verlassen, und Elaine war offenbar froh darüber gewesen, ihn los zu sein. Vielleicht konnten sie beide diesen Vorfall vergessen. Er hatte jedenfalls nicht vor, je wieder darüber zu sprechen, und hoffte, dass Elaine es auch nicht tat.

Sobald er sich einigermaßen beruhigt hatte, stieg Glen aus und ging ins Haus. Cal saß in der Küche, die Bücher vor sich auf dem Tisch ausgebreitet. Als er ihn hereinkommen hörte, blickte er auf und musterte ihn überrascht.

»Ist alles in Ordnung?«

»Warum sollte es das nicht sein?«, erkundigte Glen sich scharf.

»Du brauchst mir nicht gleich den Kopf abzureißen«, erklärte Cal ebenso scharf. »Was ist passiert? Hattest du Krach mit Elaine?«

»Nein.«

Cal lächelte wissend. »Ach so.«

»Ich gehe ins Bett«, verkündete Glen.

»Gute Idee«, rief sein Bruder ihm hinterher. »Dann geht es dir vielleicht besser.«

Nachdem Glen seine Schlafzimmertür hinter sich geschlossen hatte, sank er aufs Bett. Die Ellbogen auf die Knie gestützt, atmete er einige Male tief durch. Kein Wunder, dass er so durcheinander war! Er war gerade noch einmal davongekommen.

***

Die Nacht war erfüllt von den verschiedensten Geräuschen und dem betörenden Duft alter Rosen. Laubheuschrecken zirpten, und die Verandaschaukel knarrte, als Savannah und Laredo darauf hin und her schwangen. Am Himmel funkelten Tausende von Sternen.

Savannah barg den Kopf an seiner Schulter, und Laredo hielt sie an sich gedrückt. Dass dieser wundervolle Mann sie liebte, konnte sie manchmal immer noch nicht fassen.

»Woran denkst du gerade?«, flüsterte er.

Sie lächelte. »Daran, wie glücklich ich mich schätzen kann, dass du mich liebst.«

Er schwieg, doch sie wusste auch so, was in ihm vorging. So war es oft bei Menschen, die sich liebten. Ihre Ehe war wie ein Wunder, ein unerwartetes Geschenk –

und es war eingetreten, als sie es am wenigsten erwartet hatten. Deshalb hätten sie sich beinahe verloren.

»Ich habe dich geliebt, als ich dich verlassen habe«, erklärte Laredo schließlich rau. »Manchmal fürchte ich, du ahnst gar nicht, wie schwer es mir gefallen ist.«

»Ich wusste es, und das hat es ja gerade so schwer gemacht«, gestand Savannah. Sie würde es nie ganz verstehen, aber er hatte geglaubt, dass sie einen Mann verdiente, der ihr mehr bieten konnte als er. Doch ohne ihn bedeuteten ihr materielle Dinge nichts. Seine Liebe war das Kostbarste, was sie je besessen hatte.

Im nächsten Augenblick wurde die Küchentür geöffnet, und ihr älterer Bruder betrat die Veranda. Sein Timing war nicht besonders geschickt – nicht zum ersten Mal, denn erst vor Kurzem hatte er im unpassendsten Moment jene Bemerkungen über Caroline gemacht.

Grady ging zur Verandatreppe und blickte starr in den Nachthimmel. »Ich habe beschlossen, zu Ruths Geburtstagsparty zu gehen«, verkündete er.

Ihr war klar, dass es ihn einige Überwindung gekostet haben musste.

»Mit Caroline?« Sie versuchte, nicht zu eifrig zu klingen.

Er zögerte kurz, bevor er antwortete. »Ich habe mit dem Gedanken gespielt, sie zu fragen, ihn dann aber wieder verworfen.«

Savannah wusste, dass er Carolines Gesellschaft genießen würde, wenn er sich nur nicht so dagegen sperren würde. Sie hatte gehofft, dass er Caroline auf der Geburtstagsparty näherkommen und sie daraufhin zum Sommerfest des Rinderzüchterverbands einladen würde, die ebenfalls in diesem Monat stattfand. Diese Feier am Sommeranfang war hier in der Gegend immer das Ereignis des Jahres.

»Und warum fragst du sie nicht?«, erkundigte sie sich ungeduldig.

»Weil sie bestimmt nicht begeistert wäre, nachdem ich ... Verdammt, du kannst es dir doch denken! Ich habe mich blamiert.«

»Caroline war eher amüsiert als wütend«, versicherte sie.

»Den Eindruck hatte ich nicht. Ich dachte, ich frage vielleicht jemand anders.«

»Und wen?«

»Keine Ahnung ...«

»Wie wäre es mit der neuen Ärztin?«, schlug sie vor. Dr. Jane Dickinson hatte Doc Cummings' Nachfolge in der Praxis angetreten, nachdem dieser in den Ruhestand gegangen war. Einem Bericht in der Lokalzeitung zufolge hatte Dr. Dickinson einen Vertrag für drei Jahre unterschrieben, um damit ihr Studiendarlehen zu tilgen. Wenn Grady Caroline nicht fragen wollte, war Dr. Dickinson eine gute Wahl.

»Nein, danke.«

»Und was hast du an *ihr* auszusetzen?«

»Nichts ... Eine Menge.«

Sein Problem war, dass er Frauen gegenüber überhaupt kein Selbstvertrauen hatte. Ihm war überhaupt nicht klar, wie attraktiv er war. Savannah vermutete, dass Richards Anwesenheit alles noch schlimmer machte, denn Richard war gesellig und sehr charmant und übte eine starke Anziehungskraft auf Frauen aus. Grady hingegen verhielt sich Frauen gegenüber ziemlich unbeholfen.

Savannah schmiegte sich enger an Laredo. »Ich halte es für keine gute Idee, bis zur letzten Minute zu warten, Grady.«

»Nein?«

Laredo und sie schüttelten gleichzeitig die Köpfe.

Grady fuhr sich über den Nacken. »Ach verdammt!«, fluchte er leise. »Nell hat nichts davon gesagt, dass man in weiblicher Begleitung erscheinen soll. Wenn Cal kommt, ist er mit Sicherheit auch allein, dann muss ich doch niemanden mitbringen.«

»Hast du etwa vor, den Rest deines Lebens allein zu sein?«, fragte Savannah.

Ihr Bruder schwieg eine Weile. »Ich weiß es nicht mehr«, erwiderte er schließlich. »Anscheinend soll es so sein.« Dann kehrte er ins Haus zurück.

»Er tut mir fast leid«, bemerkte Laredo.

»Er ist selbst schuld.« Sie wollte nicht unfreundlich klingen, doch ihr Bruder war einfach zu dickköpfig. »Wenn er die Augen aufmachen würde, würde er feststellen, dass Caroline die Richtige für ihn ist.«

»Du kannst ihn nicht in eine Beziehung mit ihr drängen, Schatz.«

Das war ihr klar. »Aber …«

»Wenn der richtige Zeitpunkt gekommen ist, wird er eine Frau finden.«

»Woher bist du dir so sicher?«

»Mir ist es genauso gegangen.«

Seufzend barg sie wieder den Kopf an seiner Schulter. Dies war ihre liebste Tageszeit – mit Laredo im Mondschein zu sitzen und seine Liebe zu spüren.

Als sie sich anschließend küssten, kamen Savannah die Tränen, so glücklich war sie. Sie wünschte, jeder könnte eine solche Liebe erleben. Grady, Cal Patterson, der so verbittert war, Caroline und …

»Elaine Frasier braucht auch jemanden«, stellte Savannah fest.

»Bist du jetzt die Ehestifterin hier im Ort?«, neckte Laredo sie.

»Ja – auch wenn ich mich gerade selbst dazu ernannt habe.« Sie versetzte ihm einen Knuff. »Also … ein Mann für Elaine.«

»Nicht Richard.«

»Nicht Richard«, bestätigte sie. »Glen Patterson.«

Er lachte. »Das kann ich mir beim besten Willen nicht vorstellen, Savannah.«

Der Abend war viel zu schön, als dass sie sich mit Laredo streiten wollte. Sie wusste auch so, dass sie recht hatte.

3. Kapitel

Nell Bishop warf ihren Zopf über die Schulter und ließ den Blick über den Hof schweifen. Nun konnte die Überraschungsparty für ihre Schwiegermutter beginnen. Edwina und Lily Moorhouse, beide pensionierte Lehrerinnen, waren mit Ruth in der Stadt, um sie abzulenken. Sie hatten vorgehabt, mit ihr in die Bibliothek zu gehen und anschließend zu Lydia Boyd ins Antiquitätengeschäft, um dort ein wenig zu feiern. Lydia hatte vor Kurzem den angrenzenden *Victorian Tea Room* eröffnet, wo sie jeden Nachmittag um drei Uhr Tee und Scones servierte – gelegentlich auch Gurkensandwiches und ein Glas Fruchtlikör nach dem Rezept von Edwinas und Lilys Großvater mütterlicherseits.

Edwina und Lily würden rechtzeitig zu Beginn der Party mit Ruth zurückkehren. Wahrscheinlich würden die drei ein wenig beschwipst und in richtiger Feierlaune sein.

Für die Familie Bishop war es an der Zeit, sich mal wieder zu amüsieren, denn Jake hätte nicht gewollt, dass sie bis an ihr Lebensende um ihn trauerten. Seit dem Tod ihres Mannes war es nicht leicht für Nell, doch mit Ruths Hilfe hatte sie es geschafft, die Ranch zu behalten.

»Mom, wo soll ich die Kartoffelchips hinstellen?« Ihr elfjähriger Sohn Jeremy stand auf den Stufen der rückwärtigen Veranda.

»Auf den ersten Tisch, bitte.« Nell deutete auf die fünf Tische, die in einer Reihe auf dem Hof standen. Sie hatte am Vormittag die Blumenbeete gejätet und den Rasen gemäht und am Nachmittag das Essen vorbereitet: Brathähnchen, Chili, verschiedene Salate und eine große Geburtstagstorte.

Jeremy stellte die Schüssel auf den Tisch und nahm sich dann eine Handvoll Chips. Diesmal verkniff sie sich eine Ermahnung, denn sowohl Jeremy als auch ihre neunjährige Tochter Emma hatten ihr tatkräftig bei den Vorbereitungen geholfen und freuten sich genauso auf die Party wie sie.

Jeremy, der gerade im Begriff war, sich die Chips in den Mund zu stecken, verharrte mitten in der Bewegung und sah seine Mutter schuldbewusst an.

»Ich erwarte lediglich von dir, dass du noch etwas für die Gäste übrig lässt.«

Er nickte strahlend. »Wir haben genug.«

Ihr Sohn war Jake so ähnlich. Nell konnte ihn nicht ansehen, ohne an den einzigen Mann erinnert zu werden, den sie je geliebt hatte. Jake und sie waren zusammen aufgewachsen, und als sie begonnen hatte, sich für

Jungen zu interessieren, hatte sie gewusst, dass sie eines Tages Jake Bishop heiraten würde. Bei ihm hatte es einige Jahre länger gedauert, aber Männer waren in dieser Hinsicht ja oft schwer von Begriff.

Mit seinen ein Meter neunzig war Jake zehn Zentimeter größer gewesen als sie, denn sie maß gut einen Meter achtzig. Sie galt allgemein als gut aussehend aber nicht hübsch. Jake war der einzige Mann gewesen, den ihre Größe nie verunsichert hatte. Fast zehn wundervolle Jahre hatte sie mit ihm gehabt. Einige Leute erwarteten von ihr, dass sie wieder heiratete, doch sie kannte keinen Mann, der Jake das Wasser reichen konnte.

Er war bei einem Unfall mit dem Trecker ums Leben gekommen, und im ersten Jahr nach seinem Tod hatte sie nur ohnmächtige Wut verspürt. Sie hatte ein weiteres Jahr gebraucht, um seinen Tod zu akzeptieren und ihr Leben neu zu gestalten. Mit der liebevollen Unterstützung seiner Mutter war es ihr gelungen, die Ranch allein zu bewirtschaften und ihre Kinder großzuziehen.

Mit der Party verfolgte Nell zwei Zwecke: Zum einen wollte sie natürlich Ruths Geburtstag feiern – zum anderen wollte sie bekannt geben, dass sie die Twin Canyon Ranch in eine Touristenranch umwandeln würde. Bereits Ende nächsten Jahres, so hoffte sie, würde sie der ersten Gruppe Greenhorns zeigen können, was das echte Texas ausmachte.

Ihre Nachforschungen hatten ergeben, dass viele abenteuerlustige Amerikaner sich für das Leben im

Wilden Westen interessierten. Die Reiseveranstalter, mit denen sie gesprochen hatte, hatten ihr versichert, dass eine große Nachfrage nach Urlaub auf einer Ranch bestand.

Sie würde ihren Gästen Chili servieren, ihnen das Reiten beibringen und ihnen zeigen, wie man Rinder zusammentrieb. Außerdem würde sie mit ihnen einen Viehtrieb machen – wie in dem Film »City Slickers«. Und danach würde sie ihre Kreditkarten entgegennehmen.

»Mom!«, rief Emma. Ihr sommersprossiges Gesicht war mit Zuckerguss verschmiert. »Soll ich jetzt die Kerzen in die Torte stecken?«

»Noch nicht.«

»He!«, brüllte Jeremy. »*Ich* wollte die Quirle ablecken!« Er nahm sich noch eine Portion Kartoffelchips, offenbar als Entschädigung.

»Wasch dir bitte das Gesicht«, wies Nell ihre Tochter an. »Du musst mir hier draußen helfen.«

»Ja«, erklärte Jeremy überheblich. »Hilf Mom!«

»Das tu ich doch«, beharrte Emma. »Ich hab den Zuckerguss probiert.«

Nun musste Nell lachen. »Kommt, ihr zwei. Die Party fängt gleich an, und wir müssen das Büfett aufbauen.« Sie ging zum Haus, um Papierteller und Servietten zu holen.

»Wird Grandma überrascht sein?«, fragte Emma.

Nell wusste, wie schwer es ihrer Tochter gefallen war, nichts zu verraten. »Sehr sogar. Und sie wird sich prächtig amüsieren. Wir alle werden das.«

Davon war sie fest überzeugt.

***

Die Party war bereits in vollem Gange, als Elaine und Richard eintrafen. Überall auf dem Hof standen die Leute in kleinen Gruppen zusammen und plauderten. Die fröhliche Atmosphäre war ansteckend, und Elaine hoffte, sich vielleicht wieder so amüsieren zu können wie früher.

Unwillkürlich hielt sie Ausschau nach Glen. Sie hatte ihn seit drei Tagen nicht mehr gesehen und auch nichts mehr von ihm gehört. Obwohl sie ihn manchmal über eine Woche nicht sah, erschienen ihr diese drei Tage aus irgendeinem Grund wie drei Monate.

Ständig hatte sie an den Kuss denken müssen, und sie fragte sich, ob es Glen genauso beschäftigte.

Wahrscheinlich nicht.

»Ich hätte meine Gitarre mitbringen sollen«, bemerkte Richard, während er sie über den Hof führte.

Er hatte eine passable Singstimme, wie er auf seiner Willkommensparty einige Monate zuvor bewiesen hatte, doch ihrer Meinung nach überschätzte er sein Talent.

»Habe ich dir schon gesagt, wie schön du heute Abend aussiehst?«, erkundigte er sich.

»Zwei Mal«, erwiderte sie. Sie nahm seine Komplimente nicht ernst.

»Freut mich, dass du mitzählst«, sagte er mit einem sarkastischen Unterton.

Elaine warf ihm einen scharfen Blick zu. Sie hatte ihn oft genug in Aktion erlebt – einige Frauen glaubten ihm vielleicht, doch sie würde nicht auf ihn hereinfallen.

Erfreut stellte sie fest, dass so viele Gäste gekommen waren, wie Nell erwartet hatte. Obwohl niemand es aussprach, so waren die Einwohner von Promise stolz auf Nell Bishop. Sie waren nicht nur Ruths, sondern auch ihretwegen zu der Party gekommen, um ihr zu zeigen, wie sehr sie sie bewunderten. Trotz der anfänglichen finanziellen Probleme hatte sie nicht auf die wohlmeinenden Ratschläge gehört und sich geweigert, die kleine Ranch zu verkaufen. Diese war das Vermächtnis ihres Mannes gewesen, und nun würden Nells Kinder sie einmal erben. Sie war ein Teil von Jake gewesen, wie Elaine in diesem Moment bewusst wurde, und Nell hatte ihn über alles geliebt.

Elaine ließ den Blick über die Gerichte auf dem Büfetttisch schweifen. Es sah so aus, als hätte Nell alles selbst zubereitet. Nachdem Elaine ihr Geschenk auf den Geburtstagstisch gelegt hatte, winkte sie Nell zu, die gerade davoneilte, um einige Neuankömmlinge zu begrüßen. Ruth saß auf dem Ehrenplatz, einem Schaukelstuhl, und war von ihren Freundinnen umringt. Sonst eher ruhig und zurückhaltend, genoss sie es offensichtlich, im

Mittelpunkt zu stehen. Jeremy und Emma tobten mit einigen anderen Kindern herum.

»Hast du Hunger?«, fragte Richard.

»Klar.« Elaine nahm einen Pappteller und entdeckte dabei Glen aus den Augenwinkeln – er saß im Schatten einer Eiche und plauderte mit Grady Weston. Ihre Blicke begegneten sich, und einen Moment lang sahen sie sich in die Augen. Doch statt ihm zuzuwinken und ihm zu bedeuten, dass er ihr einen Platz freihalten sollte, wie sie es sonst getan hätte, tat Elaine so, als hätte sie ihn nicht gesehen.

Das Ganze war Richard offenbar nicht entgangen, denn er legte ihr besitzergreifend den Arm um die Taille.

»Richard«, sagte sie leise. »Hör auf damit.«

»Womit? Ich weiß nicht, was du meinst.«

»Ah ja.« Ihr war klar, dass er hauptsächlich Glen eifersüchtig machen wollte, denn die beiden hatten sich noch nie gemocht.

Sie begann, sich den Teller zu füllen, und versuchte dabei, Richard zu ignorieren, der darauf bestand, dass sie alles probierte und ihr von diesem und jenem einen Löffel dazutat. Dass er ihr so viel Aufmerksamkeit widmete, war ihr peinlich.

»Würdest du bitte damit aufhören?«, ermahnte sie ihn, musste jedoch über seinen kläglichen Gesichtsausdruck lachen.

»Ich kann nichts dafür! Du bist nun mal die schönste Frau auf dieser Party.«

Elaine schüttelte den Kopf.

Sie fanden einen leeren Platz auf dem Rasen im Schatten des Hauses. Es duftete nach frisch gemähtem Gras und Rosen. Da Glen ihr nicht aus dem Kopf ging, erzählte Elaine Richard nervös von der letzten Woche. Er wirkte allerdings nicht besonders aufmerksam und horchte erst auf, als sie die alte Familienbibel erwähnte.

»Wie alt, sagtest du, ist sie?«

»Über hundert Jahre.«

»Deine Vorfahren gehörten also zu den ersten Siedlern in Bitter End?«

»Ich glaube, ja.«

»Bist du schon einmal dort gewesen?«, fragte er dann zu ihrer Überraschung.

Die Frage war lächerlich. Niemand war dort gewesen, zumindest niemand, den Elaine kannte. Bitter End war eine geheimnisvolle, fast sagenhafte Stadt, von der die Leute nur im Flüsterton sprachen. Wo sie lag, war ein Geheimnis, und obwohl Elaine sich als Kind neugierig danach erkundigt hatte, hatte ihr Vater ihr nur sehr wenig darüber erzählt. Aber vermutlich gab es nicht viel zu sagen. Man hatte die Stadt kurz nach dem Bürgerkrieg gegründet und später aus irgendeinem Grund verlassen. Einige der ursprünglichen Siedler, darunter auch ihre Vorfahren, hatten dann Promise gegründet.

Richard blickte sich um, als wollte er sich vergewissern, dass niemand ihnen zuhörte. »Ich bin in Bitter End gewesen«, flüsterte er. »Und zwar erst vor Kurzem.«

»Erzähl mehr!«, bemerkte sie sarkastisch.

Er kniff die Augen zusammen und beugte sich vor. »Das ist mein Ernst, Elaine.«

Falls Bitter End in der Nähe lag, würden die Leute in Scharen dort einfallen – Geisterstädte übten eine ungebrochene Faszination aus, und besonders diese, weil niemand wusste, warum die ersten Siedler sie verlassen hatten.

»Ist dir aufgefallen, dass die Leute kaum darüber reden?«, fuhr Richard leise fort. »Man nennt Bitter End nicht umsonst eine Geisterstadt.« Er schauderte heftig.

»Richard«, sagte Elaine scharf, »ich finde das überhaupt nicht komisch.«

Mit ernster Miene schüttelte er den Kopf. »Ich schwöre beim Grab meiner Eltern, dass es mein Ernst ist.«

»Du hast Bitter End selbst gesehen?« Noch immer wusste sie nicht, ob sie ihm glauben sollte.

»Ja. Und einige andere auch.«

»Wer?«

»Glen Patterson zum Beispiel.«

Jetzt war ihr klar, dass Richard nur Spaß machte. Glen hätte ihr sicher davon erzählt, wenn es gestimmt hätte.

Richard hatte offenbar den zweifelnden Ausdruck in ihren Augen bemerkt, denn er fuhr fort: »Er hat die Stadt zusammen mit Cal und meinem Bruder gefunden, als er noch ein Kind war. Wenn du mir nicht glaubst, frag ihn doch selbst.«

Genau das hatte sie vor.

»Wann warst du das letzte Mal dort?«, fragte sie misstrauisch.

»Vor Kurzem.«

»Wann genau?«

»Diese Woche.«

Nun gewann ihre Neugier die Oberhand. »Nimm mich nicht auf den Arm, Richard.«

»Ich schwöre, dass es die Wahrheit ist.«

»Nimmst du mich mal mit?«

Richard zögerte.

»Richard, du kannst mir nicht von Bitter End erzählen und dich dann weigern, es mir zu zeigen! Wie ist es? Wo ist es? Stehen einige der alten Gebäude noch? Und wie hast du es gefunden?«

Er hob lachend die Hand. »Eins nach dem anderen.«

»Na gut.« Elaines Herz klopfte vor Aufregung schneller. Sie wollte diese Stadt unbedingt sehen. Die Urgroßeltern ihres Vaters hatten sich dort niedergelassen. Und dort hatten sie auch ihren fünfjährigen Sohn begraben, dessen Name in der Bibel stand.

»Wie hast du es gefunden?«, wiederholte sie.

»Es war nicht leicht.« Richard schien ihre Aufmerksamkeit zu genießen. »Ich wusste, dass die Stadt existiert, weil ich gehört habe, wie … die anderen damals darüber geredet haben. Aber sie wollten mir nicht sagen, wo sie liegt. Deswegen habe ich mich vor einigen Wochen allein auf die Suche gemacht – und sie gefunden.«

»Und warum wollten sie es dir nicht sagen?«

»Aus demselben Grund, aus dem ich es dir nicht sage.«

»Von wegen!«

»Elaine …« Er hielt ihren Blick fest. »Es spukt dort.«

»Ich habe keine Angst vor Geistern. Ich will, dass du mich dorthin bringst.«

Richard schüttelte den Kopf. »Das ist keine gute Idee.«

»Dann frage ich eben Glen.«

Seine Züge wurden hart. »Es ist gefährlich, Elaine. Ich hätte dabei kein gutes Gefühl.«

»Das ist mir egal. Ich möchte es sehen. Nur ein Mal.«

Wieder zögerte er.

»Bitte«, fügte Elaine leise hinzu.

Er seufzte, und sie ließ den Blick zu Glen schweifen.

»Also gut«, erklärte Richard gereizt.

»Wann?«

»Bald.«

»Morgen?«

Ihm war offenbar äußerst unbehaglich zumute. »Ich … ich weiß nicht.«

»Wir nehmen uns den ganzen Tag Zeit«, versicherte sie schnell.

»Du darfst es niemandem sagen.«

»Warum nicht?«

»Elaine, du begreifst anscheinend nicht, wie ernst das Ganze ist. Ich hätte es dir nicht erzählen sollen.«

»Okay«, lenkte Elaine ein, »ich werde niemandem davon erzählen.«

»Du musst es mir versprechen«, beharrte Richard. »Der Ort ist gefährlich, und ich möchte nicht, dass irgendein Kind sich das Genick bricht, weil du dich verplappert hast. Damit möchte ich mein Gewissen nicht belasten.«

Das wollte sie auch nicht. »Ich verspreche es dir, Richard.«

Er nickte. »Dann bringe ich dich morgen Nachmittag hin. Ich hole dich um zwei ab.«

***

Sosehr er sich auch dagegen wehrte, konnte Glen nicht den Blick von Elaine und Richard abwenden. Die beiden hatten die Köpfe zusammengesteckt und waren in ein Gespräch vertieft. Er hatte eigentlich gedacht, dass Elaine zu clever war, um auf einen Charmeur wie Richard Weston hereinzufallen. Aber vielleicht meinte Richard es ja ernst mit ihr.

»Offenbar haben Elaine und Richard mehr Gemeinsamkeiten, als ich dachte«, erklärte er leise. Er hatte Gradys besorgten Gesichtsausdruck bemerkt.

»Momentan ist sie sehr verletzlich«, erwiderte Grady. »Jemand muss auf sie aufpassen.«

Nun musste Glen sich eingestehen, dass die Vertraulichkeit zwischen den beiden ihm ernsthaft zu schaffen machte.

»Wie eng bist du mit ihr befreundet?«, erkundigte sich Grady.

»Schon ziemlich eng.« Eng genug, um sie zu küssen, dachte Glen. In den letzten drei Tagen und schlaflosen drei Nächten hatte er kaum an etwas anderes gedacht. Immer wenn er die Augen geschlossen hatte, hatte er Elaine vor sich gesehen und sich gewünscht, sie wieder zu küssen.

Er fürchtete, ihre Freundschaft damit kaputtgemacht zu haben, und ihrem Verhalten nach zu urteilen sah es ganz so aus, als hätte er es geschafft. Und so wie die Dinge sich zwischen ihr und Richard entwickelten … Er traute Richard nicht über den Weg. Der Typ war aalglatt. Und das war noch nicht alles.

Cal hatte ihm erzählt, dass Grady für die Kosten für Richards Party hatte aufkommen müssen. Richard behauptete, es wäre ein Missverständnis gewesen, doch Glen hätte seinen letzten Dollar darauf verwettet, dass Grady sein Geld nie wiedersehen würde.

Kurz darauf ging Glen zu Elaine. Richard sang gerade »Happy Birthday« für Ruth. Doch statt sie zu bitten aufzustehen, damit sie im Mittelpunkt stand, drängte er sich in den Vordergrund. Es war typisch für ihn. Er hatte sich überhaupt nicht verändert.

»Nette Party«, bemerkte Glen, während er sich zu Elaine gesellte.

Sie hielt sich etwas abseits der Gruppe, die Richard umringte, und er war froh darüber. Allerdings verkniff er es sich, sie darauf hinzuweisen, dass Richard sie offenbar vergessen hatte. »Nells Idee mit der Touristenranch ist nicht schlecht«, sagte er stattdessen.

»Nein«, bestätigte sie. »Ich bin fest davon überzeugt, dass sie es schafft.«

»Ja. Wenn jemand so etwas hinkriegt, dann Nell.«

Elaine nickte. »Ich habe dich schon seit Tagen nicht mehr gesehen.«

»Ich war beschäftigt.«

»Ich auch.«

»Das habe ich gemerkt.« Er musste daran denken, wie sie sich an Richard geschmiegt hatte.

Nun lachte sie. »Das klingt, als wärst du eifersüchtig.«

»Ich doch nicht.« Glen hob abwehrend die Hände, doch dann wurde ihm bewusst, dass sie versuchte, zu ihrem üblichen Geplänkel zurückzukehren. »Aber ich könnte es durchaus werden.«

»Das freut mich zu hören.« Zu seiner Erleichterung lächelte sie.

»Du bist eine gute Freundin, Elaine.«

»Nicht so gut, wie ich gehofft hatte.«

Sein Herz setzte einen Schlag aus. »Was soll das heißen?«

»Du hast mir nicht von Bitter End erzählt«, erklärte sie vorwurfsvoll und drehte sich zu ihm um.

»Was?« Er war erst ein Mal, und zwar als Teenager, in der Geisterstadt gewesen, und das hatte ihm gereicht. Dieser Ort hatte etwas Gefährliches.

»Wer hat dir davon erzählt?«, fragte er, obwohl er sich die Antwort denken konnte.

»Richard.«

»Hör zu, Elaine.« Glen umfasste ihren Ellbogen. Am liebsten hätte er sie geschüttelt, um sie zur Vernunft zu bringen. »An deiner Stelle würde ich Bitter End ganz schnell wieder vergessen.«

»Warum sollte ich? Es ist das Aufregendste, was ich seit Langem gehört habe. Die Urgroßeltern meines Vaters gehörten zu den ersten Siedlern.« Elaine machte eine Pause und betrachtete ihn. »Was ist so schlecht an dieser Stadt, Glen? Warum spricht niemand darüber? Wenn du weißt, wo sie liegt, und andere Leute auch, warum macht man dann so ein Geheimnis darum?«

Glen war nicht sicher, wie er es ihr erklären sollte, zumal er es selbst nicht richtig verstand. Alles, woran er sich erinnern konnte, war die gleichermaßen bedrückende wie bedrohliche Atmosphäre in der Stadt. Er war damals höchstens vierzehn gewesen. Cal, Grady und er hatten zufällig gehört, wie ihre Eltern über die alte Stadt sprachen, und beschlossen, sie selbst zu suchen. Sie hatten Wochen dazu gebraucht, doch statt sich darüber zu freuen, hatten sie schreckliche Angst gehabt. Seitdem hatten sie kaum wieder darüber geredet.

»Ich möchte nicht, dass du dorthin fährst.« Kaum hatte Glen die Worte ausgesprochen, bedauerte er es, denn Elaine ließ sich von niemandem vorschreiben, was sie zu tun und zu lassen hatte.

»Zu spät. Richard fährt mich morgen Nachmittag hin.«

»Das wird er nicht tun!«, platzte er heraus.

»Du hast kein Recht, mir das zu verbieten!«

»Elaine, hör zu …«

»Nein, das reicht. Ich dachte, wir wären Freunde.«

»Das sind wir auch.« Ihm wurde klar, dass er Angst um sie hatte und glaubte, sie beschützen zu müssen. »Ich möchte einfach nicht, dass du dorthin fährst.«

»Das ist doch lächerlich. Du hast die Stadt gefunden, und jetzt möchte ich sie auch sehen.«

»Wenn du Wert auf unsere Freundschaft legst, wirst du nicht hinfahren.« Als er merkte, dass seine Worte sie befremdeten, fügte er schnell hinzu: »Wenn du Wert auf meine Meinung legst …« Allerdings war es zu spät.

»Ich erkenne dich nicht mehr wieder«, flüsterte sie, und es klang verletzt und zweifelnd zugleich.

Er hatte gewusst, dass es irgendwann passieren würde, aber so bald hatte er nicht damit gerechnet. Mit jenem Kuss hatte er alles verdorben. Sie konnten nicht einmal mehr vernünftig miteinander reden.

»Also gut«, sagte er und ließ damit seine Wut auf sich selbst an Elaine aus. »Mach, was du willst. Aber sag nachher nicht, ich hätte dich nicht gewarnt.« Dann wandte er sich ab und ging weg. Sie würde früh genug alles erfahren, was sie über Bitter End wissen musste. Doch er würde nicht auf sie aufpassen, wenn sie es tat.

***

»Bereit?«, erkundigte sich Richard, als er um Viertel nach zwei das Geschäft betrat.

»Bereit«, erwiderte Elaine. Der Streit mit Glen beschäftigte sie noch immer. Sie hatte mit dem Gedanken gespielt, Richard anzurufen und abzusagen, aber sie wollte sich von Glen keine Vorschriften machen lassen.

Richard lachte. »Vergiss nicht, dass du diejenige warst, die unbedingt hinfahren wollte.« Er sang einige Takte des Titelsongs aus dem Film »Ghostbusters«, und sie musste ebenfalls lachen. Dass er guter Dinge war, beruhigte sie.

Glen hingegen hatte sich angehört, als wäre es lebensgefährlich, nach Bitter End zu fahren. Vielleicht hätte sie seinen Rat ja wirklich beherzigt, wenn er ihr keine Anweisungen erteilt hätte.

Sie wünschte sich, wieder dasselbe Verhältnis zu ihm zu haben wie vor dem Kuss. Sie hätte ihn davon abhalten sollen und hatte es nur zugelassen, weil sie so durcheinander gewesen war. Glen bedauerte das alles auch, das hatte er selbst gesagt.

Richard half ihr in den Pick-up, der Grady gehörte, wie sie feststellte. Als er die zweispurige Straße entlang aus der Stadt fuhr, war er immer noch guter Dinge.

Plötzlich bog er von der Straße ab und fuhr über felsiges, mit kleinen Zedern und kniehohem Unkraut bewachsenes Gelände.

»Hier geht es also entlang?«

»Nein«, erwiderte er. »Das sollst du nur denken.« In diesem Moment prallte der Wagen mit einem Vorderreifen gegen einen Stein und kippte nach rechts, sodass sie gegen die Tür geschleudert wurde. Vor Schmerz schrie sie auf.

Richard stoppte den Wagen. »Tut mir leid. Alles in Ordnung?«

»Ja.«

Er beugte sich zu ihr herüber, öffnete das Handschuhfach und nahm ein schwarzes Tuch heraus.

»Was ist das?«, fragte sie.

»Eine Augenbinde.«

»Eine *was*?«, rief sie wütend.

»Eine Augenbinde«, wiederholte er ruhig. »Ich habe lange darüber nachgedacht. Ich werde dich nur nach Bitter End bringen, wenn du sie anlegst.«

»Du machst hoffentlich Witze.«

»Nein. Wenn Grady es jemals erfährt, zieht er mir das Fell über die Ohren.«

»Glen war auch nicht besonders erfreut darüber.«

»Du hast es ihm erzählt?« Seine Augen blitzten vor Zorn.

»Ja, wir ... wir haben einige Worte gewechselt.«

»Sag ihm, dass du deine Meinung geändert hast.«

Entsetzt blickte Elaine ihn an. »Ich soll lügen?«

»Na ja, nicht direkt. Lass ihn einfach in dem Glauben, dass du auf ihn gehört hast.«

»Trotzdem ist es gelogen.«

»Was auch immer. Tu es einfach.« Richard hielt die Augenbinde hoch.

»Die werde ich nicht anlegen.«

»Dann bringe ich dich auch nicht nach Bitter End.«

Sein Tonfall bewies ihr, dass Richard es ernst meinte. Es war eine Seite, die sie noch nicht an ihm kannte.

»Muss ich sie wirklich tragen?«

Er nickte und lächelte schließlich jungenhaft. »Betrachte es als Spiel.«

»Na gut.« Elaines Unbehagen nahm zu, als er ihr die Augenbinde anlegte.

»Kannst du irgendetwas sehen?«

»Nein.«

»Sicher?«

»Sicher.« Seine ständigen Fragen nervten sie.

Richard ließ den Wagen wieder an und kehrte zur Straße zurück. Er schien immer im Kreis zu fahren. Als er erneut von der Straße abbog, wusste Elaine nicht mehr, in welche Richtung er gefahren war. Auf dem unebenen Gelände schaukelte der Wagen hin und her.

Als Richard schließlich anhielt, wusste sie auch nicht mehr, wie lange sie unterwegs gewesen waren.

»Richard?«

Obwohl er nicht antwortete, war Elaine klar, dass sie sich in der Nähe von Bitter End befanden. Sie *spürte* es. Ein unbehagliches Gefühl beschlich sie, das in seltsamem Kontrast zu den warmen Sonnenstrahlen stand.

»Wir sind da, stimmt's?«, fragte sie.

Schweigen.

»Richard?«

Wieder Schweigen.

Elaine hörte ein leises, unheimliches Geräusch, ein Knarren, als würde jemand die Tür öffnen. Oder war es etwas anderes?

»Das ist doch lächerlich«, sagte sie und nahm die Augenbinde ab. Richard war nicht mehr im Wagen, und sie konnte ihn nirgends sehen. Sie stieg aus und kniff die Augen zusammen, weil die Sonne sie blendete.

Zuerst entdeckte sie einen schmalen Weg, der vom Wagen wegführte. Sie folgte ihm über Felsen und durch Dickicht. Kurz darauf erreichte sie einen Felsvorsprung, von dem aus sie die Stadt sehen konnte.

Bitter End wirkte erstaunlich gut erhalten. An der Hauptstraße, die von hölzernen Bürgersteigen gesäumt war, standen ein paar Gebäude, einige aus Stein, einige aus Holz. Am Ortsende war eine Kirche mit einem rauchgeschwärzten Turm zu sehen. Außerdem gab es ein Hotel, einen Mietstall mit einer kleinen Koppel und ein Gebäude, das offenbar einmal ein Saloon gewesen war.

Elaine konnte Richard noch immer nirgends entdecken.

»Richard!«, rief sie. »Wo bist du? Ich finde das überhaupt nicht witzig.«

Halb rutschte, halb lief sie den Abhang hinunter in Richtung Stadt.

Plötzlich fröstelte sie, obwohl es warm und windstill war.

»Richard!«, rief sie wieder.

Nichts.

Vorsichtig näherte sie sich der Hauptstraße, doch auch dort war Richard nicht. Nun wurde sie von Panik ergriffen. »Richard! Wo bist du?«

4. Kapitel

Caroline sortierte gerade die Post, als sie einen Kunden am Schalter hörte. Da das Postamt samstags nur zwei Stunden geöffnet war, war heute wie immer viel los.

Sie legte den Stapel Briefe weg und betrat den Schalterraum. Als sie Grady Weston sah, ging sie unwillkürlich in die Defensive. Normalerweise holte Savannah – und in letzter Zeit gelegentlich Richard – die Post für die Yellow Rose Ranch ab. Grady war seit Mai nicht mehr hier gewesen, und damals war er auch nur gekommen, um sie um Hilfe zu bitten. Er hatte sich Sorgen um Savannah gemacht und versucht, einen Keil zwischen Laredo und sie zu treiben – weil er Laredo damals nicht vertraut und Savannah nicht verstanden hatte.

»Morgen, Grady«, sagte Caroline misstrauisch.

»Caroline.« Grady nickte und blickte sich unbehaglich um. Dann nahm er seinen Stetson ab und hielt ihn mit beiden Händen an der Krempe fest.

»Kann ich dir helfen?«

Er blinzelte und schüttelte unsicher den Kopf.

»Brauchst du Briefmarken?«, fügte sie hinzu.

»Nein.« Grady verlagerte das Gewicht vom linken auf den rechten Fuß. »Ich ... bin aus einem anderen Grund hier.«

Ungeduldig wartete sie darauf, dass er fortfuhr. Sie vermutete, dass sein Zögern etwas mit ihrer letzten Begegnung zu tun hatte.

»Es geht um das, was ich neulich gesagt habe ...« Er verstummte und wurde rot. »Savannah meinte, du wärst nicht böse auf mich, aber ich habe den Eindruck, dass ...«

»Zerbrich dir darüber nicht den Kopf«, kam Caroline ihm zu Hilfe. »Vergessen wir das Ganze einfach.«

Grady entspannte sich merklich. »Das ist nett von dir. Ich habe es nicht so gemeint.«

»Ich weiß. Savannah sollte aufhören, ständig Leute verkuppeln zu wollen.« Ihr war durchaus bewusst, dass ihre beste Freundin ihr dasselbe Glück wünschte, das sie erfahren hatte. Leider war Savannah aus irgendwelchen Gründen davon überzeugt, Caroline würde es mit Grady finden.

Allerdings hatte Caroline sich insgeheim danach gesehnt, von ihm beachtet zu werden. Sie mochte Grady, vielleicht mehr, als gut für sie war, denn sie konnten sich nicht miteinander unterhalten, ohne sich über irgendetwas zu streiten.

»Es hätte mir nichts ausgemacht, mit dir zu Ruths Party zu gehen«, erklärte er.

Obwohl er sich bei ihr entschuldigte, fühlte sie sich in ihrem Stolz verletzt.

»Du musst zugeben, dass es eine verrückte Idee war.« Er hielt ihren Blick fest. »Ich meine, dass wir beide miteinander ausgehen.«

»Vergessen wir's, ja?« Sie knallte die Post auf den Tisch und funkelte ihn an. Ihr war nicht ganz klar, warum sie wütend war.

Grady zuckte zusammen. »Was habe ich denn jetzt falsch gemacht?«

»Nichts.«

»Und warum siehst du mich dann so an?«

Caroline schüttelte den Kopf. »Du bist der einzige Mann, den ich kenne, der sich mit einer Beleidigung entschuldigen kann.«

»Ich habe dich beleidigt?«, fragte er verblüfft.

Sie atmete tief durch und hob die rechte Hand. »Sagen wir einfach, wir kommen überein, uns nicht einig zu sein.«

Stirnrunzelnd spielte er mit seinem Stetson. »Ich muss aber wissen, worin wir uns nicht einig sein sollen.«

Caroline seufzte ungeduldig. Der Mann war wirklich schwer von Begriff. »Wir beide lieben Savannah«, erklärte sie übertrieben langsam. »Aber wir sind nie einer Meinung, was durchaus in Ordnung ist. Ich lebe mein Leben und du deins. Du willst nicht mit mir ausgehen, und das ist auch in Ordnung. Denn ich bin, ehrlich gesagt, auch nicht an dir interessiert.«

Grady kniff die Augen zusammen. »Mit anderen Worten, du weist mich ab, bevor ich überhaupt die Chance habe, dich zum Sommerfest des Rinderzüchterverbands einzuladen?«

Er machte eine Geste, als wüsste er nicht genau, wie er fortfahren sollte. »Ich habe mir fast den ganzen Vormittag freigenommen, um in die Stadt fahren zu können«, brachte er schließlich hervor. »Ich habe eine Herde, um die ich mich kümmern muss, aber stattdessen vergeude ich meine Zeit, um dich zu einer albernen Party einladen zu können. Und bevor ich dazu komme, gibst du mir zu verstehen, dass du lieber mit einem Stinktier ausgehen würdest als mit mir. Das ist wirklich der Gipfel.« Er setzte seinen Stetson so heftig auf, dass Caroline zusammenzuckte. Doch sie fasste sich schnell wieder.

»Du wolltest mich zu der Feier einladen, und dafür soll ich dir dankbar sein?«

»Nein … Na ja. Warum sollte ich sonst am Samstag in die Stadt fahren?« Bevor sie etwas erwidern konnte, fügte er hinzu: »Cal hat recht. Frauen bedeuten nur Ärger. Ich habe Savannah gleich gesagt, dass das mit uns nicht funktionieren kann.« Nun klang er ziemlich selbstgerecht. »Dies ist das letzte Mal, dass ich dich zu irgendwas einlade. Wenn du ein Date willst, musst *du* mich fragen.«

Die Anspielung, dass er der einzige Mann war, der mit ihr ausgehen würde, brachte Caroline auf die Palme. »Ich brauche dich nicht, wenn ich ein Date haben will!«

»Sicher, ich nehme an, dass du dich auch für Richard interessierst.«

»Was hat Richard damit zu tun?«

Grady wollte offenbar etwas sagen, überlegte es sich jedoch anders. »Schon gut. Ich verschwinde.«

Sie versuchte, ihn zurückzuhalten, aber es war zu spät, denn er stürmte bereits hinaus, und die Tür knallte hinter ihm zu.

»Was ist denn bloß in den jungen Mann gefahren?«

Erst jetzt merkte Caroline, dass Edwina und Lily Moorhouse im Schalterraum standen. Beide Frauen kleideten sich immer noch wie damals, als sie unterrichtet hatten. Caroline konnte sich nicht entsinnen, sie je in etwas anderem als in sorgfältig gebügelten Hemdblusenkleidern gesehen zu haben. Sonntags und bei wichtigen gesellschaftlichen Ereignissen trugen sie außerdem kleine Hüte mit dazu passenden Handtaschen.

Lily, die jüngere und weniger Redselige der beiden, hielt ihre Post an die Brust gepresst, als fürchtete sie, Grady könnte sie ihr entreißen.

»Ich bitte um Entschuldigung, Ladys«, sagte Caroline. »Grady und ich hatten eine ... Meinungsverschiedenheit.«

»Ist alles in Ordnung?«, erkundigte sich Lily.

Caroline schüttelte den Kopf. Die Auseinandersetzung hatte sie stärker aus der Fassung gebracht, als sie sich eingestehen wollte.

»Du magst ihn, stimmt's?« Lily tätschelte ihr mitfühlend die Hand.

Caroline nickte. Ja, sie mochte Grady, und es war höchste Zeit, es zuzugeben. Allerdings ließ ihr Urteilsvermögen, was Männer betraf, zu wünschen übrig. Maggies Vater hatte sie verlassen, als sie schwanger war, und auch alle nachfolgenden Beziehungen hatten kein gutes Ende genommen. »Ich habe wohl keine besonders gute Menschenkenntnis«, erklärte sie.

»Grady ist ein prächtiger junger Mann«, beharrte Lily.

»Er hat ein Herz aus Gold«, bestätigte Edwina. »Du musst Geduld mit ihm haben, Caroline. Dann wird er schon zur Vernunft kommen.«

***

Elaine klopfte das Herz bis zum Hals, als sie langsam zum Weg zurückging. Richard war noch immer nirgends zu sehen.

Immer wieder musste sie an Glens Warnung denken. Selbst Richard hatte ihr davon abgeraten, nach Bitter End zu fahren. Was noch schlimmer war – viel schlimmer –, war dieses ... Gefühl. Ihr war, als würde man sie beobachten. Und einschätzen. Und ... ablehnen. Ihr pochte das Blut in den Schläfen, und jeder Schritt fiel ihr schwer, als hätte ihr jemand Arme und Beine gefesselt und würde das Seil immer enger zuziehen.

Sie dachte nur noch an Flucht. Doch sie konnte nicht einfach weglaufen, denn sie musste herausfinden, was mit Richard passiert war. Sie konnte ihn nicht einfach im Stich lassen.

Außerdem hatte sie keine Ahnung, wie sie nach Promise zurückkommen sollte. Sie musste sich hier umsehen und …

»Buh!«

Elaine fuhr zusammen und schrie auf. Richard warf den Kopf zurück und lachte schallend.

Wütend ballte sie die Hände zu Fäusten und funkelte ihn an.

»He«, sagte er lachend, »du warst diejenige, die behauptet hat, sie hätte keine Angst vor Geistern.«

»Wo warst du?« Obwohl sie sich bemühte, sich unter Kontrolle zu haben, zitterte ihre Stimme.

»Oh nein, du fürchtest dich doch nicht etwa wirklich?«, fragte Richard überrascht.

»Das weißt du genau.«

»Es war doch nur ein Scherz!«

»Ein dummer.«

»Okay, okay, es war vielleicht nicht richtig, aber du warst so überheblich. Tut mir leid.« Er zuckte lässig die Schultern. »Deine Fantasie ist mit dir durchgegangen.«

Elaine verstärkte ihren Griff. »Ich mag diesen Ort nicht.«

»Das habe ich dir doch prophezeit«, erwiderte er kühl.

»Spürst du es denn nicht?«

»Was?«

»Die … bedrückende Atmosphäre.«

Richard sah sie an, als würde sie einen Psychiater brauchen. »Ich spüre gar nichts. Komm, ich zeig dir die Gegend.«

Obwohl sie neugierig war, schüttelte sie den Kopf. »Wir sollten lieber wieder zurückfahren.«

»Wir sind doch gerade erst angekommen. Willst du dir nicht den Gemischtwarenladen ansehen? Im Regal stehen sogar noch einige Konserven, und die Kasse ist auch noch da. Allerdings war kein Geld drin.«

»Was ist mit der Kirche passiert?« Sie deutete auf den kleinen Hügel am Ende der Hauptstraße.

»Ich bin nicht drin gewesen. Interessiert mich nicht. Sieht so aus, als hätte der Blitz eingeschlagen.«

Fasziniert betrachtete sie das Gebäude.

»Komm, wir sehen uns um«, drängte er.

»Okay, wenn du unbedingt willst, dann zeig mir den Laden«, erwiderte sie, obwohl sie nach wie vor bezweifelte, dass es klug war.

»Klar.« Richard nahm sie bei der Hand und führte sie die beiden Stufen zu dem hölzernen Bürgersteig hoch. Die alten Bretter, die stellenweise morsch waren, knarrten unter ihren Füßen. Es sah so aus, als wäre die Stadt einmal wohlhabend gewesen.

»Pass auf, wo du hintrittst.« Er legte Elaine den Arm um die Taille und zog sie an sich. »Vielleicht sollten wir zum Hotel gehen und einen Raum mit einem Bett suchen.«

»Nein, danke«, sagte sie und schob ihn weg.

»Schade. Wir könnten eine Menge Spaß miteinander haben.«

Das bezweifelte sie.

Als Richard die Tür zum Gemischtwarenladen öffnete, knarrte diese in den Angeln, und Elaine schauderte. Noch immer fühlte sie sich beobachtet.

Der Laden sah aus, als würde er aus einem Museum stammen. Der Tresen erstreckte sich über die gesamte Längsseite des Raumes, und dahinter befanden sich Regale, in denen tatsächlich einige aufgeblähte Konservendosen standen.

»Was ist wohl passiert, dass die Leute die Stadt so fluchtartig verlassen haben?«, fragte Elaine, denn Lebensmittel waren früher knapp gewesen.

»Wer weiß?«, erwiderte Richard nicht sonderlich interessiert.

Die Kasse war noch da, außerdem standen einige Fässer und ein Tisch herum. Es gab jedoch keine Stühle.

»Okay, genug gesehen, lass uns nach Hause fahren«, verlangte Elaine schließlich.

»Willst du dich nicht noch weiter umschauen?«

»Nein.« Sie wollte nur noch weg von hier. Selbst die Tatsache, dass die Urgroßeltern ihres Vaters hier gelebt hatten, hielt sie nicht mehr in dieser Stadt.

»Komm, sehen wir uns das Hotel an«, beharrte Richard. »Es hat eine schöne Treppe – wenn man von einigen kaputten Stufen absieht.«

»Richard!« Nicht auszudenken, wie lange sie dort liegen würden, wenn sie durch die Treppe oder den Fußboden brachen.

Glen würde kommen. Elaine war erleichtert, dass sie wenigstens einem Menschen erzählt hatte, wohin sie fahren wollte, denn ihr Handy hatte hier natürlich keinen Empfang.

»Ich möchte mir noch schnell den Friedhof ansehen«, sagte sie, als sie hinausgingen.

»Den Friedhof?«, fragte Richard. »Warum?«

»Ich will ein Grab finden. Das Grab eines Jungen namens Edward Abraham Frasier.« Vielleicht würde sich auf dem Grabstein ein Hinweis auf die Todesursache finden.

Als sie sich dem Friedhof näherten, ließ das Gefühl, beobachtet zu werden, nach. Das Tor zum Friedhof hing nur noch an einer Angel.

»Irgendjemand ist vor Kurzem hier gewesen.« Elaine blieb hinter dem Zaun stehen. Offenbar hatte jemand einen Rosenbusch gepflanzt, denn der Boden war an der Stelle umgegraben.

»Savannah«, sagte Richard. »Sie hat hier alte Rosen gesucht und die, die sie ausgegraben hat, durch andere ersetzt.«

»Savannah ist hierhergekommen?«, fragte sie verblüfft. Savannah suchte überall nach alten Rosen, in der Hoffnung, seltene Arten zu finden.

»Wie war noch mal der Name, den du suchst?«, erkundigte sich Richard.

»Edward Abraham Frasier.« Auf einigen Gräbern standen Holzkreuze, die mittlerweile stark verwittert waren. Und nur auf wenigen Grabsteinen waren die Inschriften noch zu entziffern. Schon bald gab Elaine auf.

»Bist du endlich fertig?«, fragte Richard gelangweilt.

»Ja.« Obwohl sie das Grab gern gefunden hätte, wollte sie sich hier nicht länger aufhalten.

Als sie wieder beim Wagen angekommen waren, reichte Richard ihr wieder das Stück Stoff. »Leg die Augenbinde an«, befahl er, während er den Zündschlüssel drehte.

Elaine beschwerte sich leise. Er brauchte sich keine Sorgen zu machen, denn sie hatte nicht die Absicht, nach Bitter End zurückzukehren. Sie konnte es ihren Vorfahren nicht verdenken, dass sie die Stadt verlassen hatten.

Sobald sie die Augenbinde angelegt hatte, fuhr er los.

Als der Wagen auf dem unebenen Gelände hin und her schaukelte, fragte sie sich, wie Richard Bitter End allein gefunden hatte. Glen oder Cal hätten ihn ganz sicher nicht dorthin geführt. Und auch nicht Grady oder Savannah. Niemand, den sie kannte, wäre freiwillig dorthin zurückgekehrt. Sie würde es jedenfalls nicht tun.

Richard setzte sie vor dem Geschäft ab. »Danke«, sagte sie und wollte die Tür öffnen, doch er hielt sie zurück.

»He, es besteht kein Grund zur Eile, oder?«

»Na ja …«

»Willst du dich nicht bei mir bedanken?«

»Das habe ich doch vorhin schon getan.«

»Ein Kuss würde nicht schaden.« Ehe sie sich's versah, umfasste er ihre Schultern und berührte ihre Lippen mit seinen. Anders als bei Glen empfand sie jedoch nichts dabei.

Richard löste sich von ihr und lächelte. »Ich rufe dich bald an. Denk noch mal über uns nach, ja?«

Starr blickte Elaine ihn an, weil sie nicht wusste, was sie darauf sagen sollte.

»Du gehst doch mit mir zum Sommerfest, oder?«, fügte er hinzu, als sie ausstieg.

Eine Hand am Türgriff, blieb sie stehen. »Ich sage dir noch Bescheid, aber ich glaube, nicht.«

Er wirkte überrascht. »Aber wir sehen uns da?«

»Ich … ich weiß nicht.« Sie war nicht in der Stimmung, tanzen zu gehen. »Vielleicht.«

»Auf jeden Fall sehen wir uns bald wieder.« Nachdem er ihr noch einmal fröhlich zugewinkt hatte, fuhr er weiter.

Als Elaine das Geschäft betrat, überreichte George Tucker ihr einen Stapel rosafarbener Zettel. »Glen Patterson hat drei Mal angerufen«, erklärte er in einem Tonfall, der deutlich machte, dass er nicht gern Sekretär spielte.

Sofort klopfte ihr Herz schneller.

»Würdest du den jungen Mann bitte von seinen Qualen erlösen?«, sagte George. »Ich habe Besseres zu tun, als ihm Fragen über dich zu beantworten.«

Sie lächelte vor sich hin, als sie in ihr Büro ging. Vielleicht konnten Glen und sie ihre Freundschaft ja doch noch retten.

***

Er war den ganzen Tag unkonzentriert gewesen. Zusammen mit Cal war Glen auf der Cayuse-Weide gewesen, die ungefähr zwölf Meilen im Quadrat maß und auf der sie etwa vierhundert Kühe und Jährlinge grasen ließen. Selbst die Hunde gingen ihm aus dem Weg, was Glen durchaus verstehen konnte, denn seine Stimmung war miserabel. Drei Mal hatte er versucht, Elaine zu erreichen. Jedes Mal hatte er bei George eine Nachricht hinterlassen und war immer frustrierter geworden. Nun, da er wieder im Haus war, stellte er fest, dass sich auf seiner Mailbox immer noch keine Nachricht von Elaine befand, was bedeutete, dass sie noch immer mit Richard in Bitter End war. Und das gefiel ihm ganz und gar nicht.

»Wenn du dir solche Sorgen um Elaine machst, dann fahr doch in die Stadt und sieh nach, was los ist«, schlug Cal vor. Er wollte später selbst nach Promise fahren, um ins *Billy D's* zu gehen, eine Kneipe im Ort, in der sich freitags und samstags die meisten alleinstehenden Rancher auf ein Bier trafen. Anschließend zog man dann weiter ins Café an der Bowlingbahn oder das Grillrestaurant *Chili Pepper*, wo Adam Braunfels eines der besten T-Bone-Steaks in Texas servierte. Eigentlich wollte Glen später noch mitkommen.

»Du lässt dich von einer Frau durcheinanderbringen«, fuhr Cal in einem Tonfall fort, dem deutlich anzumerken war, dass die Liebe ihn enttäuscht hatte. Er öffnete den Kühlschrank und nahm eine Flasche Wasser heraus. »So wie ich es sehe, hat Elaine dich bereits an der Leine.«

Glen blickte ihn stirnrunzelnd an. Da er jedoch keine Lust hatte, sich mit ihm zu streiten, ging er nach oben, um zu duschen und sich umzuziehen.

Als Glen sich Promise näherte, konnte er seine Wut nur mühsam beherrschen. Bevor er seine Freunde im *Billy D's* traf, musste er sich vergewissern, dass es Elaine gut ging.

Als er das Geschäft betrat, bedachte George Tucker ihn mit einem Blick und deutete schweigend aufs Büro. Elaine war also zurück, hatte es aber nicht für nötig gehalten, ihn zurückzurufen.

Die Tür stand halb offen, und Elaine saß am Schreibtisch und tippte Zahlen in den Taschenrechner. Als Glen den Raum betrat, sah sie auf.

»Du bist wirklich nach Bitter End gefahren, stimmt's?«, erkundigte er sich leise. Da sie offenbar wohlbehalten zurückgekommen war, konnte er ihr auch nicht mehr richtig böse sein.

»Hattest du allen Ernstes erwartet, dass ich es nicht tue?«

»Nein.«

»Ich … ich fand die Stadt nicht sonderlich beeindruckend«, gestand Elaine. »Warum hast du sie vorher nie erwähnt?« Sie klang verletzt.

»Ich habe mit niemandem jemals darüber gesprochen.« Er ging zur Kaffeemaschine, um sich einzuschenken. »Wenn ich dir von Bitter End erzählt hätte, hättest du es dir ansehen wollen – was du ja auch getan hast.«

»Ehrlich gesagt verstehe ich jetzt, warum du mich davon abhalten wolltest.«

Das hatte er sich gedacht. »Ich habe mir Sorgen um dich gemacht.«

»Ich weiß. Ich habe eben mit Cal telefoniert.«

Glen runzelte die Stirn. Er konnte sich vorstellen, was sein Bruder gesagt hatte.

»Willst du noch einmal hinfahren?«, fragte er beiläufig.

»Bestimmt nicht.«

»Gut.« Er hob den Becher an die Lippen und trank einen Schluck.

»Ich finde, wir sollten miteinander reden«, erklärte Elaine zu seiner Überraschung.

Glen erstarrte. »Reden?«

Sie lachte auf, und ihm wurde bewusst, wie sehr er ihr volles, ehrliches Lachen vermisst hatte.

»Wir können auch versuchen, darüber hinwegzusehen, so tun, als hätten wir es vergessen, aber ich glaube es wäre das Beste, darüber zu sprechen.«

Glen sah ihr in die Augen. »Meinst du …« Es fiel ihm genauso schwer wie ihr, es auszusprechen.

»Den … Kuss.« Da, sie hatte es gesagt.

»Den Kuss«, wiederholte er leise.

Elaine lachte, und nun musste er auch lachen.

»Wir sollten uns eingestehen, dass wir uns zu etwas haben hinreißen lassen«, schlug sie vor. »Und … Ach verdammt, vergessen wir es einfach!«

Er lehnte sich an den Schreibtisch. Den Becher hatte er mit beiden Händen umfasst. »Ich glaube nicht, dass das geht.«

»Warum nicht?« Sie stand auf und ging zur Kaffeemaschine.

Da er sie sehr gut kannte, wusste er, dass sie nicht aufgestanden war, weil sie Lust auf Kaffee hatte, sondern damit er den Ausdruck in ihren Augen nicht sah.

Glen stellte den Becher auf den Tisch und berührte sie an der Schulter, woraufhin sie sich mit einer heftigen Bewegung zu ihm umdrehte.

»Ich möchte den Kuss nicht vergessen«, gestand er zu seiner eigenen Überraschung.

»Nein?«, erwiderte sie erschrocken.

»Möchtest du es denn?«, platzte er heraus.

»Ich … ich weiß es nicht.«

»Doch, du weißt es.«

Elaine blinzelte zweimal. »Ich möchte nur, dass wir Freunde bleiben.«

»Das sind wir doch. Nichts hat sich geändert.«

»Doch, das hat es!«, rief sie und gestikulierte wild. »Dieser Kuss hat alles verändert. Früher konnte ich mit dir reden.«

»Das kannst du immer noch.«

»Nein, das geht nicht.«

»Wetten?«, erkundigte er sich herausfordernd.

Elaine warf den Kopf zurück und lachte, aber es klang nicht echt. »Wir können über alles reden, stimmt's? Gut, dann reden wir darüber, dass Richards Küsse mich kaltlassen und ich nur daran denke, wie es mit dir war.«

Glen hatte nur ihre ersten Worte bewusst wahrgenommen. »Du küsst jetzt also Richard? Gibt es noch etwas, wovon ich nichts weiß?«

»Siehst du?« Sie machte eine verzweifelte Geste. »Genau das habe ich gemeint.«

»Was?«

»Dass wir nicht miteinander reden können.«

»Wir reden doch! Was meinst du?« Es war typisch Frau, einem Mann derart das Wort im Mund umzudrehen. Er hatte es oft genug miterlebt, und bei Elaine war es ihm immer gelungen, es zu vermeiden. Bis jetzt.

»Du hast gesagt, es gäbe nichts, worüber ich nicht mit dir sprechen könnte, und schon streiten wir uns.«

Nun war seine Geduld am Ende. »Wir streiten uns nicht!«, rief er. Diesen Tag konnte er vergessen. Erst machte er sich Sorgen um sie, dann versuchte er, ihre Freundschaft zu retten, nur um zu erfahren, dass sie Richard Weston geküsst hatte.

»Du kannst ihn gern haben.« Er hatte den Becher wieder in die Hand genommen und knallte ihn nun so heftig auf den Tisch, dass der Kaffee überschwappte. »Ihr beide habt einander verdient.«

»Oh bitte, du führst dich jetzt auf wie ein eifersüchtiger Idiot!«

Glen hatte das Büro bereits verlassen, als ihm wieder einfiel, dass er Elaine noch aus einem anderen Grund aufgesucht hatte. Er kehrte zurück, lehnte sich an den Türrahmen und verschränkte die Arme vor der Brust.

Sie blickte auf und wartete.

»Gehst du zu der Feier?«, erkundigte er sich schließlich betont beiläufig.

»Ich … habe mich noch nicht entschieden. Gehst du hin?«

»Ja.«

»Dann komme ich wahrscheinlich auch.«

Sofort verbesserte sich seine Stimmung. »Sehen wir uns dort?«

Elaine nickte. »Wartest du auf mich?«

Er nickte ebenfalls und lächelte.

Sie erwiderte sein Lächeln.

5. Kapitel

Im Lauf des Abends wurde Glen immer wütender auf Richard Weston, je öfter er darüber nachdachte, dass er Elaine bewusst in Gefahr gebracht hatte, indem er mit ihr nach Bitter End gefahren war. Außerdem wollte Glen nicht, dass dieser Schönling sie in ihrem momentanen verletzlichen Zustand ausnutzte.

Und dann war da noch die Tatsache, dass er sich unerwartet zu ihr hingezogen fühlte ... Nein, was ihm wirklich zu schaffen machte, war ihre Verwundbarkeit gegenüber einem oberflächlichen Charmeur wie Richard.

Glen beschloss, mit Richard zu reden, um klare Verhältnisse zu schaffen. Er würde auf die richtige Gelegenheit warten. Natürlich würde Elaine es nicht gutheißen, wenn er mit Richard über sie sprach, aber sie musste es ja nicht erfahren. Irgendjemand musste sie schließlich beschützen – und das konnte er am besten.

Am Mittwochnachmittag fuhr Glen also zur Yellow Rose Ranch, um Richard zur Rede zu stellen. Dies war etwas, was nur Richard und ihn etwas anging.

Er bog in die Auffahrt ein und parkte auf dem Hof neben Gradys Pick-up. Dann stieg er langsam aus. Savannah war in ihrem Rosengarten und trug zum Schutz gegen die Sonne einen breitkrempigen Strohhut. Richard saß auf der vorderen Veranda und spielte Gitarre. Er war so in seine Musik versunken, dass er ihn nicht bemerkte. Rocket, Gradys alter schwarzer Labrador, lag auf einem Läufer auf der Veranda und schlief.

Savannah winkte und kam auf Glen zu, einen Korb voller duftender Rosen in der Hand.

»Savannah.« Er tippte sich an den Stetson. »Schöner Tag heute, nicht?«

»Ja, sehr schön«, bestätigte sie.

»Ich möchte zu Richard.« Mit zusammengekniffenen Augen blickte er zur Veranda.

»Möchtest du ein Glas Eistee?«

»Ja, gern.«

Savannah ging zum Haus, blieb jedoch an der Verandatreppe stehen und drehte sich um. »Gibt es Probleme, Glen? Zwischen Richard und dir, meine ich?«

»Überhaupt nicht«, versicherte Glen schnell. Für ihn sollte das Ganze nicht mehr als ein nettes Gespräch von Nachbar zu Nachbar sein. Und wenn er zufällig Elaine erwähnte ...

Sichtlich erleichtert, verschwand Savannah im Haus,

und er ging auf Richard zu. Dieser blickte erst auf, als Glen sich einen Stuhl heranzog und sich neben ihn setzte.

»Tag, Glen.«

»Tag.« Obwohl Glen sich die Worte sorgfältig zurechtgelegt hatte, fiel es ihm überraschend schwer, zur Sache zu kommen. »Hast du ein paar Minuten Zeit?«

»Sicher.« Richard stellte die Gitarre auf den Boden und hielt sie am Steg fest. »Für einen Freund habe ich immer Zeit.«

Glen zögerte, denn er betrachtete Richard nicht gerade als Freund.

»Was kann ich für dich tun?«, erkundigte dieser sich.

»Na ja ...« Ich bin wirklich nicht sehr wortgewandt, dachte Glen. »Ich mache mir Sorgen um Elaine.«

»Wirklich? Warum?«

»Erst der Tod ihres Vaters, und jetzt ist auch noch ihre Mutter weg ...«

Richard nickte. »Ich verstehe. Aber sie scheint gut damit fertigzuwerden, findest du nicht?« Er hob die Gitarre wieder auf und schlug einige Akkorde an.

»Das ist es ja gerade«, erklärte Glen. »Man merkt ihr nichts an, aber unter der Oberfläche brodelt es.«

Richard lachte leise. »Da hast du recht! Sie ist ein richtiges Energiebündel, das nur darauf wartet, in die Luft zu gehen. Ich habe mich schon immer zu leidenschaftlichen Frauen hingezogen gefühlt.« Es klang so, als hätte er sich einige Male fast die Finger verbrannt und als würde er Elaine besser kennen, als es bei Glen je der Fall sein würde.

Glen rutschte unbehaglich hin und her, doch bevor er etwas erwidern konnte, kam Savannah auf die Veranda, ein Tablett mit zwei Gläsern Eistee und einem Teller mit selbst gebackenen Haferkeksen in Händen.

»Danke«, sagte er, als er das Glas entgegennahm.

Richard hatte sich sein Glas und einen Keks vom Tablett genommen, bevor sie es überhaupt abgestellt hatte. »Savannahs Keksen kann ich einfach nicht widerstehen«, meinte er und küsste sie auf die Wange. »Niemand backt besser als sie.«

Savannah lächelte und kehrte dann in die Küche zurück. Als Glen ihr nachblickte, wurde ihm klar, dass Richard auch sie um den Finger gewickelt hatte – trotz all des Kummers, den er über Grady und sie gebracht hatte. Der Knabe verstand es wirklich, Frauen zu manipulieren. Glen fühlte sich noch unbehaglicher und fragte sich, wie er sich verhalten sollte. Er wollte, dass Richard sich von Elaine fernhielt, doch wenn er es ihm geradeheraus sagte, würde Richard es ihr sofort brühwarm weitererzählen und sich wahrscheinlich obendrein über ihn lustig machen.

Das Beste war, wenn er seine Besorgnis äußerte. »Elaine hat mir erzählt, dass du mit ihr nach Bitter End gefahren bist«, begann er, bemüht, seine Wut nicht zu zeigen.

Richard warf den Kopf zurück und lachte schallend. »Und ich habe sie zu Tode erschreckt.«

Wider Willen musste Glen sich anhören, wie Richard ihr die Augenbinde angelegt hatte, dann heimlich ausgestiegen war und sich versteckt hatte.

Er musste sich beherrschen, um Richard nicht anzuschreien. »Ich halte es für keine gute Idee, jemanden in die Geisterstadt zu bringen«, erklärte er, so ruhig er konnte. Einmal mehr wurde ihm klar, dass er Richard Weston nicht mochte – jetzt noch weniger als damals.

»Ich bin ganz deiner Meinung«, räumte Richard ein, nachdem er sich wieder beruhigt hatte. »Es war ein Fehler, Bitter End überhaupt zu erwähnen, denn nachdem ich es getan hatte, wollte Elaine es unbedingt sehen. Und kaum hatte sie die Stadt betreten, wollte sie wieder zurück. Erstaunlich, wie viele Gebäude noch stehen«, fuhr er fort, während er sich noch einen Keks nahm.

Glen schätzte, dass Richard alle aufessen würde, wenn er nicht bald zugriff. Daher nahm er sich demonstrativ einen Keks und dann noch einen. Als er probierte, stellte er fest, dass sie tatsächlich so lecker schmeckten, wie Richard behauptete.

»Wie hast du die Stadt gefunden?«, fragte er.

»Da Cal, Grady und du es damals nicht für angebracht hieltet, mich mitzunehmen, hatte ich keine Wahl, als mich selbst auf die Suche zu machen.«

»Aber warum ausgerechnet jetzt?«

»Warum nicht?« Richard zuckte gleichgültig die Schultern. »Ich habe genug Zeit, solange ich auf Nachricht von meinem Arbeitgeber warte. Ich bin bei einer Anlageberatung tätig.«

»Das wusste ich nicht.«

»Ich habe es auch nicht vielen Leuten erzählt«, erklärte Richard. »Zuletzt habe ich für eine kleine Firma gearbeitet, aber da die größeren die kleineren schlucken, musste ich Urlaub nehmen, während die Firma umstrukturiert wird. Der ideale Zeitpunkt, um meine Familie zu besuchen.«

Richard sah auf jeden Fall so aus, wie man sich einen Anlageberater vorstellte – und redegewandt war er auch. Trotzdem hatte Glen angenommen, Richard wäre im Verkauf tätig.

Richard schlug wieder einen Akkord an und lachte leise. »Ich wette, du hast nicht gewusst, dass ich mir einen Namen in der Branche gemacht habe, oder?«

Glen wurde ernst, als er merkte, wie geschickt Richard das Thema gewechselt hatte. So leicht würde er ihn nicht davonkommen lassen.

»Du wirst nicht noch einmal mit Elaine nach Bitter End fahren, oder?«, fragte er in einem Tonfall, der keinen Zweifel daran ließ, dass er ihm Probleme machen würde, wenn er es tat.

»Wohl kaum!«

»Gut. Oder mit sonst jemandem?«

»Wohl kaum«, wiederholte Richard prompt, doch Glen entging nicht, dass er sekundenlang mitten in der Bewegung verharrte. »Ich hätte Elaine nicht dorthin gebracht, wenn sie nicht darauf bestanden hätte. Wenn ich es nicht getan hätte, hätte sie sich allein auf die Suche gemacht.«

In dem Punkt musste Glen ihm recht geben.

»Läuft etwas zwischen Elaine und dir?«, erkundigte Richard sich überraschend direkt.

Glen zögerte, weil er nicht wusste, was er darauf antworten sollte. Schließlich schüttelte er den Kopf. »Wir sind nur Freunde.«

»Das habe ich mir gedacht«, sagte Richard selbstgefällig.

»Fragst du aus einem bestimmten Grund?«

»Ja. Ich interessiere mich für sie und wollte dir nicht in die Quere kommen.«

Glen runzelte die Stirn. »Wie ich bereits sagte, macht Elaine gerade eine schwere Zeit durch.«

»Sie braucht jemanden wie mich.« Richard beugte sich über seine Gitarre und stimmte eine Saite. »Am besten verkauft sie das Geschäft und lebt ihr eigenes Leben weiter. Ihr Daddy hat es ihr hinterlassen, aber es besteht kein Grund, es zu behalten.«

Glen schüttelte den Kopf. Das Geschäft bedeutete Elaine genauso viel wie früher ihrem Vater. Ihr war klar, welchen Beitrag sie für die Gemeinschaft leistete, und sie war stolz darauf, den Bedürfnissen der Rancher gerecht zu werden. Das Geschäft war der inoffizielle Treffpunkt in Promise, und das lag daran, dass die Leute sich bei ihr ebenso wohlfühlten wie vorher bei ihrem Vater.

Alle Einwohner von Promise schauten bei Frasier Feed vorbei, um einzukaufen, Neuigkeiten auszutauschen und den neuesten Klatsch zu erfahren. An dem großen Schwarzen Brett draußen konnte jeder, der etwas tauschen oder verkaufen wollte, gratis einen Aushang machen. Außerdem gab es einen Getränkeautomaten und einige Stühle für alle, die sich kurz ausruhen wollten.

Elaine würde das Geschäft niemals verkaufen. Offenbar kannte Richard sie doch nicht so gut, wie er glaubte.

»Sie ist übrigens auch an mir interessiert«, fügte er hinzu.

Das überraschte Glen. Elaine hatte zwar zugegeben, dass Richard und sie sich geküsst hatten, ihm aber im selben Atemzug gestanden, seine Küsse wären ihr lieber als Richards. Zumindest hatte er es so verstanden. Er hatte nicht weiter nachgefragt, weil sie sich gleich wieder gestritten hatten.

»Sie geht mit mir zum Sommerfest«, erklärte Richard nonchalant.

»Mit dir?« Glen glaubte, seinen Ohren nicht zu trauen. »Zur Feier des Rinderzüchterverbands?«

»Ja. Allerdings hatte sie Bedenken, dass wir zusammen hingehen. Keiner von uns möchte, dass die Leute über uns reden.«

»Ach so.« Unwillkürlich verstärkte Glen den Griff ums Glas.

»Gehst du auch hin?«, erkundigte Richard sich nachdrücklich.

»Wahrscheinlich schon«, erwiderte Glen. Und er würde dafür sorgen, dass Richard sich benahm. Wenn er sah, dass Mr. Anlageberater Elaine anfasste, würde er ihn nach draußen schleifen und ihm die Zähne einschlagen – selbst wenn Elaine Richard ihm vorzog.

»Mit wem gehst du hin?«, hakte Richard nach.

»Ich … weiß es noch nicht.« Da er nicht den Eindruck vermitteln wollte, dass er keine Frau finden würde, fügte Glen hinzu: »Ich habe mit dem Gedanken gespielt, Nell Bishop zu fragen.«

»Klar.« Richard nickte beifällig. »Frag Nell. Ich wette, sie begleitet dich gern.«

Nachdem Glen sein Glas ausgetrunken hatte, stand er auf. »Ich bin froh, dass wir das geklärt haben«, verkündete er, obwohl er nicht das erreicht hatte, was er sich vorgenommen hatte. Diesmal war er jedoch wütend auf Elaine. Sie hatte ihn zum Narren gehalten, indem sie ihm den Eindruck vermittelt hatte, dass sie noch nicht wusste, mit wem sie zur Party gehen würde.

Dabei hatte sie etwas ganz anderes beabsichtigt. Er sollte Däumchen drehend dastehen, während sie mit Richard Weston durch den Saal tanzte. Das war wirklich der Gipfel! Vermutlich war sie immer noch wütend auf ihn und wollte sich so an ihm rächen.

»Komm gerne öfter vorbei«, rief Richard hinter ihm her, als Glen auf seinen Wagen zuging. »Und keine Angst, ich fahre nicht noch mal mit Elaine nach Bitter End.«

»Das hatte ich mir schon gedacht.« Was Elaine betrifft, so werde ich mir auch über viele andere Dinge nicht mehr den Kopf zerbrechen, dachte Glen wütend. Vielleicht hatte Cal recht. Vielleicht konnte man den Frauen tatsächlich nicht vertrauen.

***

Frank Hennessey war seit fast zwanzig Jahren Sheriff in Promise. Er kannte jeden hier, und jeder kannte ihn. Da er so lange im Amt war, fiel es den Leuten nicht schwer, mit ihren Problemen zu ihm zu kommen. Manchmal schlug er ihnen vor, mit Wade McMillen, dem Pfarrer, darüber zu sprechen, und manchmal hörte er einfach nur zu. Meistens fand sich dann auch eine Lösung, obwohl er kaum ein Wort sagte. Vielmehr lag die Antwort bei den Leuten selbst.

In letzter Zeit hörte Frank viel über Richard Weston, was ihn kaum überraschte. Er wusste, dass Richard sich an dem Tag, an dem Grady und Savannah ihre Eltern beerdigt hatten, mit dem Familienerbe davongemacht hatte. So manche Nacht hatte er mit Grady zusammengesessen, während dieser überlegt hatte, ob er Anzeige erstatten sollte oder nicht. Schließlich hatte er sich dagegen entschieden, doch es hatte ihn fast sechs Jahre harter Arbeit gekostet, um die Ranch aus den roten Zahlen zu bringen.

Jetzt war Richard zurückgekehrt, und Frank hatte von einigen Kaufleuten im Ort gehört, dass er ständig auf Pump kaufte und seine Schulden nicht bezahlte. Schon seit Tagen überlegte Frank, was er dagegen unternehmen sollte.

Er hatte Max Jordan, den Inhaber von *Jordan's Town and Country*, gedrängt, es Grady zu erzählen, doch Max wollte Richard nicht anschwärzen. Außerdem hatte er, nachdem Richard eine Weste bei ihm gekauft hatte, zwei weitere davon verkauft. Eins stand fest: Richard hatte einen richtigen Kleiderfimmel. Max sagte, er hätte seinetwegen noch einige andere hochwertige Teile verkauft und wäre deswegen bereit, es ihm nachzusehen.

Millie Greenville zeigte sich ebenfalls zugänglich, was Richards Schulden bei ihr betraf. Grady hatte schließlich die Blumen bezahlt, die Richard für seine Party gekauft hatte. Vermutlich würde er das Geld nie zurückbekommen. Obwohl Richard seitdem ständig Blumen bestellt und nicht bezahlt hatte, wollte sie ihn nicht unter Druck setzen. Zu John Frasiers Beerdigung hatte Richard ein großes Arrangement geschickt und außerdem zahlreiche Sträuße für verschiedene Frauen bestellt. Millie zufolge hatte er sich bei ihr entschuldigt und ihr einen plausiblen Grund genannt. Dennoch bereitete ihr der offene Betrag von vierhundert Dollar einiges Kopfzerbrechen.

Außerdem ließ Richard im *Billy D's* anschreiben, wo er offenbar viele Runden spendiert hatte. Als Billy es Frank erzählt hatte, beliefen sich Richards Schulden bereits auf fast fünfhundert Dollar. Richard hatte dem Inhaber der Kneipe erzählt, er wäre Anlageberater und würde einen Scheck über eine Provision erwarten, der jeden Tag eintreffen müsste. Wieder war Billy bereit zu warten, weil Richards wegen viele Gäste kamen. Er war clever und witzig, und man schätzte offenbar seine Gesellschaft.

Frank warf einen Blick auf seine Armbanduhr und schob seinen Stuhl zurück. »Ich bin bei Lydia«, sagte er auf dem Weg hinaus zu seinem Hilfssheriff. Seit Lydia den *Victorian Tea Room* eröffnet hatte, schaute er jeden Nachmittag gegen halb fünf dort vorbei. Um diese Zeit war es dort etwas ruhiger, und meistens bot sie ihm etwas Süßes an.

Lydia war seine Freundin. Sie waren jetzt seit über zehn Jahren zusammen, und ungefähr einmal im Jahr verlangte Lydia, dass er ihr einen Verlobungsring an den Finger steckte. Allerdings vermutete er, dass sie insgeheim mit diesem Arrangement eigentlich genauso zufrieden war wie er und sich über ihre Freiheit freute.

Als Frank das Antiquitätengeschäft betrat, bewunderte er wieder einmal Lydias Talent, den kleinen Raum so geschickt zu dekorieren. Erleichtert stellte er fest, dass die Teestube leer war, und er hoffte, Lydia würde sich etwas Zeit nehmen und sich zu ihm setzen.

»Hi, Lydia.« Er zog einen Stuhl an seinem Lieblingstisch hervor. Die Teestube war genauso elegant eingerichtet wie das Geschäft. Tischdecken und Servietten waren aus feinstem Leinen, das Geschirr aus Porzellan.

Lydia war sehr kreativ und hatte einige schwere antike Möbelstücke ausgesucht, auf denen sie ihre Waren ausstellte. Seidenschals mit Fransen und lange Ketten aus Jettsteinen waren über geöffneten Schubladen drapiert. In den Regalen lagen Zierdecken aus Leinen und Spitze sowie große Hüte mit Federn und Netzen. Antikes Porzellan, Öllampen und silberne Kandelaber – überall stand Nippes. Allerdings hatte alles seinen Preis, denn Lydia verkaufte keinen Plunder, sondern echte Schätze, wie sie stets betonte.

Die Einwohnerinnen von Promise liebten es, in dem Laden zu stöbern – die meisten Männer hingegen betraten ihn ungern, weil sie Angst davor hatten, etwas kaputtzumachen und dann dafür zahlen zu müssen.

Lydia, die gerade ihre Abrechnung machte, blickte auf und lächelte Frank an. Wie immer klopfte sein Herz daraufhin etwas schneller. Er erwiderte ihr Lächeln und lehnte sich zurück.

Als sie fertig war, schenkte sie ihm eine Tasse Kaffee ein und servierte sie ihm zusammen mit einem Stück Apfelkuchen. Eigentlich hatte er sich auf ihren Brotauflauf mit Brandysauce gefreut, doch da er nie bezahlte, konnte er sich wohl kaum beschweren.

»Du siehst aus, als hättest du viel zu tun«, bemerkte er.

»Ja, das stimmt.« Sie setzte sich ihm gegenüber, streifte ihre Schuhe ab und rieb sich die müden Füße. »Elaine Frasier war da und hat das weiße Batistkleid für das Sommerfest gekauft. Sie sah wirklich toll darin aus. Eigentlich wollte sie nicht so viel ausgeben, aber als sie es anprobiert hat, war sie hin und weg. Ich wusste gar nicht, dass sie so hübsch ist«, fügte sie geistesabwesend hinzu.

Genießerisch schloss Frank die Augen, als er den ersten Bissen von dem Apfelkuchen probierte.

»Gut?«, erkundigte sich Lydia.

»Hervorragend.«

Den Rest aß er in Rekordzeit.

»Dich beschäftigt doch etwas, Frank«, stellte Lydia schließlich fest. »Das sehe ich. Willst du mir sagen, was es ist?«

»Es gibt jemanden, der bei allen Kaufleuten im Ort Schulden macht«, berichtete er widerstrebend. »Und ich glaube nicht, dass er vorhat, sie zu begleichen.«

»Jemand?«, wiederholte sie. »Ich kann mir schon denken, wer das ist.«

Da er bereits zu viel gesagt hatte, beließ er es dabei.

»Und was wirst du tun?«, fragte Lydia.

»Wahrscheinlich gar nichts. Schließlich hat er gegen kein Gesetz verstoßen.«

»Stimmt.« Sie wirkte nachdenklich. »Aber du könntest dich mal mit ihm unterhalten. Von Mann zu Mann, oder vielmehr von Sheriff zu Übeltäter. Wenn ich mich richtig entsinne, hattest du Laredo Smith vor Kurzem auch eine Menge zu sagen.«

Frank ignorierte diese Bemerkung, zumal er es bedauerte, sich Laredo überhaupt vorgenommen zu haben. Er hatte ihn falsch eingeschätzt und wollte diesen Fehler nicht noch einmal machen. Schließlich wusste er nicht genau, ob Richard nicht tatsächlich einen Scheck erwartete.

»Ich wüsste nicht, was ich dem Kerl sagen sollte«, erklärte er.

»Frank, viele kleine Betriebe können sich Verluste nicht leisten. Manchmal können wir gerade die Miete bezahlen, geschweige denn Gewinn machen. Gib ihm zu verstehen, dass du ihn im Auge behältst.«

»Aber er hat nichts getan, was so ein Vorgehen rechtfertigen würde.«

»Das weiß er doch nicht. Jag ihm ein bisschen Angst ein, bevor er einen von uns in den Ruin treibt«, drängte sie.

Frank wusste, wie knapp einige Geschäftsleute kalkulieren mussten. Auch Lydia würde mit ihrem Antiquitätengeschäft nicht reich werden, obwohl es einer der populärsten Läden der Stadt war.

»Zumindest wird er es sich genau überlegen, bevor er das nächste Mal anschreiben lässt«, fügte sie hinzu.

»Stimmt.«

Lydia trank noch etwas Kaffee und brachte ihre Tasse dann in die kleine Küche. Frank stand ebenfalls auf und folgte ihr mit seinem Gedeck.

»Du brauchst jetzt eine Aushilfe«, sagte er, weil ihm klar war, dass sie viel zu viel arbeitete.

»Du hast recht, aber ich kann es mir noch nicht leisten, jemanden einzustellen.«

Er legte ihr den Arm um die Taille und lenkte ab: »Du hast doch bestimmt auch schon ein Kleid für die Feier gefunden, oder? Alle Männer werden mich beneiden.«

»Du alter Schmeichler«, neckte sie ihn.

Ehe sie protestieren konnte, zog er sie an sich und presste die Lippen auf ihre. Kurz darauf löste sie sich wieder von ihm. Ihre Wangen waren gerötet. »Frank, es ist mitten am Nachmittag! Es könnte jederzeit jemand reinkommen.«

»Und wenn schon!«

»Sie werden ganz schön frech, Sheriff.« Sie kniff leicht die Augen zusammen. »Bist du schon bereit, den Sprung zu wagen?«

Seit fast einem Jahr hatte sie das Thema Ehe nicht mehr angesprochen. Deshalb war ihre Frage wie eine kalte Dusche. Offenbar merkte Lydia ihm an, wie unbehaglich er sich fühlte, denn sie kicherte und gab ihm einen Kuss auf die Wange.

»Du gehst jetzt besser«, sagte sie gut gelaunt.

»Gute Idee, ich muss mit einem gewissen jungen Mann reden«, sagte Frank. Doch auf dem Weg zur Tür küsste er sie noch einmal.

***

Das alte spitzenbesetzte weiße Batistkleid war wohl das schönste Kleid, das sie je besessen hatte. Eigentlich hatte sie es nicht kaufen wollen, aber irgendwann hatte sie es doch anprobiert. Das ist Schicksal, sagte sich Elaine. Es hatte nämlich wie angegossen gepasst, und sie hatte sich entschieden, es auf dem Sommerfest zu tragen, sobald sie sich im Spiegel gesehen hatte.

Vielleicht dachte sie zu viel über Glens Worte nach, denn er hatte sie nicht zu dem Tanzabend eingeladen, sondern nur gefragt, ob sie auch hingehen würde. Es war *fast* ein richtiges Rendezvous. Sie und Glen. Immer wenn sie daran dachte, dass sie und Glen miteinander tanzen und sich küssen würden, verspürte sie ein erregendes Prickeln.

Elaine schloss die Augen. In den vergangenen Wochen war so viel passiert. Mittlerweile fühlte sie sich nicht mehr einsam – und das lag vor allem daran, dass ihr Verhältnis zu Glen sich verändert hatte. Wenn er bei seinem letzten Besuch etwas länger geblieben wäre, hätte er sie wieder geküsst, das wusste sie instinktiv. Und es hätte ihr nichts ausgemacht – im Gegenteil.

Nun war sie bereit, sich auf eine echte Beziehung mit ihm einzulassen. Und sie nahm an, dass es ihm genauso ging. Falls er noch irgendwelche Zweifel hegte, würde er sich seiner Gefühle sicher sein, sobald er sie in dem Kleid sah.

Elaine lächelte, als sie daran dachte, was für ein Verkaufstalent Lydia war. Statt begeistert auf sie einzureden, hatte Lydia lediglich gelächelt und sie zum Spiegel geführt.

Elaine strich ein letztes Mal über den Ärmel, bevor sie die Bürotür hinter sich schloss. An diesem Abend würde sie das Kleid mit nach Hause nehmen und sich auf den kommenden Samstag freuen. Sie konnte Glens Reaktion kaum erwarten.

Kurz vor Geschäftsschluss erschien Nell Bishop mit einer Liste von Vorräten, die sie brauchte.

»Ich hatte auf Ruths Party wirklich viel Spaß«, erklärte Elaine, während sie die Liste überflog.

»Ruth spricht immer noch davon«, erwiderte Nell.

»Und ich finde es toll, dass du deine Ranch zur Touristenranch umfunktionieren willst.«

»Na ja, noch habe ich keine Interessenten.«

»Das kommt noch«, versicherte Elaine.

»Gehst du zum Sommerfest?«, erkundigte Nell sich unvermittelt.

Elaine lächelte. »Zuerst wollte ich nicht, aber … ich habe meine Meinung geändert. Und du?«

Nell schüttelte den Kopf. »Ich weiß nicht …«

»Du brauchst dir keine Sorgen zu machen, falls du keinen Begleiter hast.« Elaine wollte gerade hinzufügen, dass sie auch allein hinginge, als Nell sagte:

»Darum geht es nicht. Ich frage mich nur, was los ist, denn ich habe innerhalb von einer Stunde zwei Einladungen bekommen.«

»Das ist ja toll!«, rief Elaine.

»Zuerst hat Grady Weston angerufen. Ich mag ihn, aber …« Nell zögerte, bevor sie fortfuhr: »Ich kann mir Grady und mich nicht als Paar vorstellen. Er sollte lieber Caroline Daniels fragen. Die beiden passen perfekt zusammen.«

»Ich verstehe nicht, warum sie immer noch nicht zueinandergefunden habe.«

Nell schüttelte den Kopf. »Ich auch nicht.«

»Meinst du, es liegt an Maggie?«

»Das glaube ich nicht.«

»Ich dachte immer, er kann nicht so gut mit Kindern umgehen«, sagte Elaine.

»Vielleicht, aber ich habe auch Kinder, daran kann es also nicht liegen.«

»Was hast du ihm geantwortet?«

Nell zuckte die Schultern. »Ich wusste nicht, was ich sagen sollte. Da mich seit Jakes Tod kein Mann eingeladen hat, war ich furchtbar nervös. Ich glaube, ich habe gesagt, dass ich noch darüber nachdenken muss. Er war damit einverstanden.«

»Ich mag Grady«, bemerkte Elaine leise. Grady war zwar unzugänglich, aber anständig und fleißig.

»Kaum hatte ich die Fassung wiedergewonnen, kam der nächste Anruf«, berichtete Nell. »Es war Glen Patterson.«

»Wirklich, Glen?«, wiederholte Elaine verwirrt.

»Ja. Dass er mich eingeladen hat, hat mich wirklich umgehauen.« Nell lachte. »Ich war so verblüfft, dass ich kein Wort herausgebracht habe.«

Elaine war plötzlich übel, doch sie versuchte, sich ihre Gefühle nicht anmerken zu lassen. »Du gehst also mit Glen hin.«

»Nein. Ich habe ihm dasselbe gesagt wie Grady.«

»Vielleicht solltest du mit beiden hingehen«, versuchte Elaine zu scherzen.

Nell lachte wieder. »Ja, vielleicht sollte ich das. Die Leute würden Augen machen, stimmt's?«

Irgendwie schaffte Elaine es, zu lächeln. Vielleicht glaubte Glen ja, die Grange Hall mit zwei Frauen betreten zu können. Doch da hatte er sich geschnitten!

»Es gibt da allerdings ein Problem mit Glen.« Nell betrachtete sie eingehend.

»Und das wäre?«

»Ich dachte immer, Glen und du würdet ein tolles Paar abgeben.«

»Glen und ich?« Elaine rang sich ein Lächeln ab. »Nein, wir beide sind bloß Freunde. Wenn du mit ihm zum Sommerfest gehen willst, möchte ich dir nicht im Weg stehen.«

»Ja, aber …«

»Zerbrich dir darüber nicht den Kopf.« Elaine war selbst überrascht, wie überzeugend das klang. »Es macht mir wirklich nichts aus. Er hat ja schließlich *dich* gefragt.«

»Bist du sicher?«

»Ja, klar.«

Während Elaine die Sachen zusammenstellte, beschloss sie, das Kleid doch zu behalten und außerdem keinen Tanz auszulassen. Und sie hoffte, dass Glen sie nicht aus den Augen lassen würde, wenn sie mit jedem anderen attraktiven Mann tanzte, der sie aufforderte.

6. Kapitel

Das wird ein interessanter Abend, dachte Cal Patterson, als er mit Bolotie und in frisch gewaschenen Jeans und Stiefeln in seinen Pick-up stieg. Die große Feier. Es wurde bestimmt wieder interessant, zu sehen, wie Männer und Frauen aller Altersgruppen heftig miteinander flirteten und sich lächerlich machten. Es war faszinierend, besonders für einen unbeteiligten Beobachter wie ihn.

Glen dagegen war kein unbeteiligter Beobachter.

Als er am Mittwochnachmittag zurückgekommen war, hatte er verdammt schlechte Laune gehabt. Cal hätte einen Kasten Bier darauf verwetten können, dass es mit Elaine Frasier zusammenhing.

Als er den Fehler gemacht hatte, Elaine im Zusammenhang mit dem Sommerfest zu erwähnen, wäre Glen beinah in die Luft gegangen. Er hatte die Tür hinter sich zugeknallt, jedoch nicht ohne vorher einige Andeutungen zu machen: Offenbar hatte Elaine sich entschieden, Richard Westons Einladung anzunehmen.

Das überraschte Cal zwar, aber Frauen waren nun einmal unzuverlässig. Am besten hielt man sich von ihnen fern. Als Nächstes hatte sein Bruder Nell Bishop gefragt, und es hatte sein Selbstbewusstsein nicht gerade gestärkt, als auch sie ihn hatte abblitzen lassen.

Cal war selbst einmal so dumm gewesen, sich vor einer Frau verletzlich zu zeigen, und es war die schmerzhafteste Erfahrung seines Lebens gewesen.

Offenbar war sein kleiner Bruder jedoch unverbesserlich, denn an diesem Abend war er in einem neuen Jeansblazer, frisch gewaschenen Jeans und auf Hochglanz polierten Stiefeln die Treppe heruntergekommen.

Vermutlich wollte er Elaine und sich selbst damit beweisen, dass er sich auch ohne sie amüsieren konnte. Mit anderen Worten, er war entschlossen, sich vor der ganzen Stadt zum Affen zu machen.

Cal hielt es für seine Pflicht als Bruder, anschließend die Scherben aufzusammeln, zumal er Mitleid mit Glen hatte. Schließlich hatte er das alles auch einmal durchgemacht.

Er hörte die Band schon spielen, als er seinen Wagen vor der Grange Hall parkte. Der Parkplatz war anscheinend längst voll, denn unzählige Fahrzeuge standen Stoßstange an Stoßstange zu beiden Seiten der zweispurigen Straße. Es sah so aus, als wären alle Einwohner von Promise zu dem großen Ereignis gekommen.

Nun erklang eine Geige, gefolgt von einem Banjo und Pete Hadleys melodischer Stimme. Aus der geöffneten

Tür fiel Licht nach draußen, und Cal sah einige verheiratete Männer, die dort zusammenstanden, frische Luft schnappten und Schnaps tranken. Er selbst hielt nicht viel von harten Sachen, ein kühles Bier war ihm lieber.

Jemand begrüßte ihn laut, und er hob im Vorübergehen die Hand. In spätestens zwei Stunden würde Glen entweder betrunken sein oder wünschen, er wäre es. Nach einer weiteren Stunde würde Cal ihn nach Hause bringen.

Der arme Kerl war verliebt, und das Schlimmste war, dass er es nicht zugeben wollte. Seinen Bruder in diesem Zustand zu sehen erinnerte ihn an damals, daran, wie es mit Jennifer gewesen war. Im Nachhinein verstand er nicht, warum er sie nicht durchschaut hatte. Er war so in sie vernarrt gewesen, dass er alles für sie getan hätte.

Er hatte sie gebeten, seine Frau zu werden, und sechs Monate später hatte sie ihn gedemütigt, indem sie die Hochzeit in letzter Minute abblies. Und das nur, weil er die Ranch nicht aufgeben und nach San Antonio oder Houston ziehen wollte. Jennifer, die von Phoenix, Arizona, nach Promise gezogen war, um einen befristeten Job als stellvertretende Filialleiterin der Bank anzunehmen, hatte das Kleinstadtleben satt gehabt – sie wollte, dass er mit ihr in eine riesige Stadt zog, wo er sich niemals wohlgefühlt hätte. Er hatte sie geliebt, aber er konnte sich nicht von Grund auf ändern, nicht einmal ihr zuliebe. Daher hatte sie ihn zwei Tage vor der Hochzeit sitzen lassen. Soweit er wusste, lebte sie nun in Houston mit einem Einzelhandelskaufmann zusammen.

Ihm hätte von Anfang an klar sein müssen, dass sie im Grunde ihres Herzens eine Großstadtpflanze war. Aber genau wie Glen war er blind vor Liebe gewesen. Und nun verdrängte Cal den Gedanken an seine ehemalige Verlobte, als er den Saal betrat.

Es war so voll, dass er sich regelrecht einen Weg durch die Menge bahnen musste. Zahlreiche Männer und Frauen tanzten gerade zum Boot-scootin' Boogie. Einige Schritte davon konnte er sogar noch, denn Jennifer hatte darauf bestanden, sie ihm beizubringen, obwohl er zwei linke Füße hatte.

Als das Stück vorbei war, begann der Paartanz. Cal hielt Ausschau nach Glen und entdeckte ihn schließlich auf der anderen Seite des Raumes, wo er an der Bar lehnte und die Tanzenden beobachtete. Man musste kein Genie sein, um zu erraten, wem seine Aufmerksamkeit galt.

Elaine.

Cal zog die Augenbrauen hoch, als er Glens Blick folgte. Noch nie hatte Elaine so hübsch ausgesehen. Im Gegensatz zu den meisten anderen Frauen trug sie kein Kleid im Westernstil, sondern eines, das altmodisch und elegant zugleich war. Sie sah *verdammt* hübsch aus, und Glen war nicht der Einzige, der es bemerkt hatte.

Richard Weston hatte ihr den Arm um die Taille gelegt und hielt sie fest an sich gedrückt. Es war schlimmer, als Cal erwartet hatte. Er hatte angenommen, Elaine würde Richard schnell durchschauen, doch offenbar hatte er ihre Menschenkenntnis überschätzt. Es war schade, denn Richard nutzte seine Mitmenschen nur aus.

Dass sein Beschützerinstinkt erwacht war, überraschte Cal. Er wollte für keine Frau irgendwelche Gefühle hegen, denn er hatte seine Lektion gelernt.

Als er wieder zu seinem Bruder sah, fiel sein Blick auf die Frau, die links von ihm stand. Es dauerte einen Moment, bis ihm einfiel, wer sie war: die neue Ärztin. Als er ihr das erste Mal begegnet war – auf Richards Party –, hatte sie ein elegantes Kostüm getragen. Jetzt trug sie ein Cowboyhemd und Jeans, was auch bei dieser Feier seltsam deplatziert wirkte. Irgendwie tat sie ihm leid, obwohl sie aus der Stadt kam. Allerdings fand sie die Veranstaltung sicher höchst amüsant. Er konnte sich lebhaft vorstellen, wie sie ihre Freunde zu Hause anrief und sich über die Hinterwäldler in Texas lustig machte.

Offenbar hatte sie gespürt, dass er sie betrachtete, denn sie sah ihn jetzt an. Finster erwiderte er ihren Blick, um ihr zu verstehen zu geben, dass er ihre Haltung – oder das, was er dafür hielt – missbilligte.

In diesem Moment endete die Musik, und bevor Cal ihn davon abhalten konnte, betrat Glen die Tanzfläche und ging direkt auf Elaine zu.

***

Es lief besser, als Elaine gedacht hatte. Glen hatte sie nicht aus den Augen lassen können, und Richard sah in ihm einen Rivalen. Sie war sich durchaus bewusst, dass seine Aufmerksamkeiten vielmehr dem Bedürfnis entsprangen, Glen etwas zu beweisen, als echtem Interesse an ihr. Trotzdem fühlte es sich gut an, so kindisch es auch sein mochte. Glen hatte sie wirklich verletzt, als er Nell zu dem Tanzabend eingeladen hatte. Mit Richard zusammen zu sein tröstete sie zumindest vorübergehend – eine unangenehme Begleiterscheinung war allerdings sein besitzergreifendes Verhalten.

Der einzige Mann, mit dem sie tanzen wollte, hatte sie nicht einmal aufgefordert. Doch offenbar hatte er ihre Gedanken gelesen, denn als nun das Stück endete, schob er sich an den Tanzenden vorbei und blieb vor ihr stehen.

»Der nächste Tanz gehört mir«, verkündete er und sah sie grimmig an.

Erstaunt erwiderte Elaine seinen Blick. So fordernd und aufgewühlt hatte sie ihn noch nie erlebt. Normalerweise ließ er sich nicht so leicht aus der Ruhe bringen, und sie wusste nicht, was sie davon halten sollte.

»Du hast dreimal mit Richard getanzt. Jetzt bin ich an der Reihe.«

»Zählst du etwa mit?«

»Ja«, erwiderte er scharf. Er umfasste ihre Taille und zog sie an sich.

»Ist das nicht mein Tanz?«, erkundigte sich Richard spöttisch und überrascht zugleich.

»Sie tanzt mit mir«, erklärte Glen, bevor sie etwas erwidern konnte.

Richard zog die Augenbrauen hoch. »Elaine?«

»Lass gut sein«, versicherte sie ihm. »Ich werde mit Glen tanzen.« Sie wartete, bis er die Tanzfläche verlassen hatte, und wandte sich dann wütend an Glen: »Was ist eigentlich in dich gefahren?«

»Eine Menge«, meinte dieser schroff.

Die Band stimmte nun eine traurige Ballade über eine gescheiterte Liebe an. Wie passend! dachte Elaine. Glen sagte nichts, sondern hielt sie verkrampft fest, während er sich mit ihr zur anderen Seite des Raumes bewegte. Doch allmählich entspannte er sich, und sie hatten gerade ihren Rhythmus gefunden, als Richard kam und Glen auf die Schulter klopfte.

»Jetzt bin ich dran«, erklärte er mit der Selbstgefälligkeit eines Mannes, der genau wusste, dass er immer bekam, was er wollte.

Elaine beobachtete, wie Glen ihn wütend anfunkelte, bevor er sie losließ. In der für ihn typischen übertriebenen Art umfasste Richard ihre Taille und bog ihren Oberkörper nach hinten, bis sie nach Luft schnappte. Dann zog er sie wieder hoch und tanzte mit ihr zur anderen Seite des Raumes, weg von Glen.

Kurz darauf klopfte dieser ihm auf die Schulter. Richard warf ihm einen wütenden Blick zu, ließ Elaine jedoch widerstrebend los.

Glen zog sie erneut an sich, aber kaum hatten sie einige Schritte gemacht, unterbrach Richard sie wieder. Beide Männer sahen sich finster an.

»Das ist wirklich lächerlich!«, rief Elaine. »Was ist mit dir los, Glen?«

»Mit mir?«, fuhr er sie an.

Richard lächelte spöttisch. »Du hast gehört, was die Lady gesagt hat.«

»Und du bist auch nicht besser!«, wies sie ihn zurecht.

Die Musik verklang, und die Paare in ihrer Nähe blieben stehen und beobachteten sie. Plötzlich tauchte Frank Hennessey auf und stellte sich zwischen die beiden Kampfhähne. Obwohl er nicht im Dienst war, vertrat er das Gesetz in Promise, und niemand zweifelte seine Autorität an. Lydia Boyd, die bei ihm war, warf Elaine einen mitfühlenden Blick zu.

»Gibt es ein Problem, Jungs?«, fragte er, wobei er das letzte Wort betonte.

»Keines, was Richard und ich nicht *draußen* klären könnten«, erwiderte Glen.

»Glen!«, rief Elaine entsetzt.

»Mir soll's recht sein.« Richard ballte die Fäuste.

»Moment mal.« Frank legte jedem von ihnen eine Hand auf die Schulter. »Wenn es etwas zu klären gibt, dann tun wir es hier und jetzt.« Er nickte Glen zu. »Was ist das Problem?«

»Ich würde gern den Tanz mit Elaine beenden, ohne dass Richard uns ständig stört.«

»He, das hier ist ein freies Land«, meinte Richard großspurig.

»Richard und ich können das von Mann zu Mann klären.« Mit einer unmissverständlichen Geste gab Glen ihm zu verstehen, dass er ihm gern einige Fausthiebe verpasst hätte.

»Keiner von euch verlässt den Saal«, sagte Frank freundlich, aber energisch. »Zumindest nicht in diesem Zustand.«

»Ich habe Elaine zuerst aufgefordert«, beharrte Richard.

»Von wegen!«, rief Glen.

»Elaine?« Frank wandte sich ihr zu. »Mit welchem dieser Banausen möchtest du tanzen?«

Elaine blickte von einem zum anderen. Richard wirkte ausgesprochen selbstgefällig, während Glen finster dreinblickte.

»Mit keinem von beiden«, verkündete sie schließlich kühl.

Glen sah sie entgeistert an. »Also gut«, meinte er leise.

»Aber Schatz …«, begann Richard.

Unvermittelt wandte sie sich ab und sagte dabei zu Lydia und Frank: »Ich brauche jetzt ein Glas Bowle.«

Sie spürte die Blicke aller Anwesenden auf sich gerichtet, als sie die Tanzfläche verließ. Ihr brannten die Wangen, und sie hörte, wie überall getuschelt wurde.

Am Rand der Tanzfläche nahmen Savannah und Caroline sie in ihre Mitte. »Ist alles in Ordnung?«, fragte Savannah.

»Ich bin so wütend, dass ich schreien könnte«, brachte Elaine hervor.

Savannah nickte. »Ich weiß, was du meinst. Setz dich, ich hole dir ein Glas Bowle. Es wird dir guttun.«

Zum Glück hatte die Musik wieder eingesetzt, und die anderen Gäste hatten sich wieder von ihr abgewandt. Verärgert stellte Elaine fest, dass nicht Savannah, sondern Glen ihr die Bowle brachte. Aufgebracht funkelte sie ihn an, bevor sie das Glas entgegennahm.

Nachdem er einen Moment schweigend dagestanden hatte, setzte er sich auf den Stuhl neben ihr.

Daraufhin schlug sie die Beine übereinander und wandte sich ab.

»Du hättest es mir sagen können«, meinte er nach einer Weile.

»Was?«

»Dass du Richards Einladung angenommen hast.«

»Das ist wirklich köstlich!« Sie drehte sich zu ihm um. »Zuerst fragst du mich, ob ich auch komme, ich gebe ein Vermögen für das Kleid aus, und dann höre ich, dass du Nell eingeladen hast.«

»Du hast das Kleid für mich gekauft?« Seine Miene hellte sich auf, und ein Lächeln umspielte seine Lippen.

»Du würdest in dem Kleid ziemlich albern aussehen, Glen Patterson. Nein, ich habe es für mich gekauft.«

Er lächelte breit, wurde aber gleich wieder ernst. »Wie du siehst, bin ich nicht mit Nell hier«, sagte er leise.

»Dann ist Nell also mit Grady gekommen.«

»Grady hat sie auch gefragt?« Er lehnte sich zurück und blickte zur Tanzfläche. »Ich hätte sie nie eingeladen, wenn du nicht Richard zugesagt hättest. Ich dachte, wir beide würden uns hier treffen.«

»Das dachte ich auch.«

»Aber trotzdem hast du Richards Einladung angenommen.«

»Erst nachdem ich gehört hatte, dass du Nell gefragt hast«, erwiderte Elaine aufgebracht.

Glen sah sie verständnislos an. Dann kniff er die Augen zusammen. »Dieser schmierige … Richard hat mir erzählt …« Er verstummte abrupt, als hätte er bereits zu viel verlauten lassen.

»Was hat er dir erzählt?«, hakte sie nach.

»Nichts. Es spielt keine Rolle.«

»Du bist wirklich unnötig gereizt heute.« Sie verschränkte die Arme und sah starr geradeaus.

Glen verschränkte ebenfalls die Arme und blickte finster zum anderen Ende des Raums.

***

Jetzt oder nie, entschied Caroline. Pete Hadley hatte gerade Damenwahl angekündigt. Mit klopfendem Herzen ging sie langsam auf Grady zu. Er saß neben Cal Patterson und unterhielt sich angeregt mit ihm. Bestimmt sprachen sie über Glen und Elaine, denn an diesem Abend waren die beiden ein großes Thema. Kein Wunder, wenn man bedachte, was für eine Szene sie gemacht hatten. Beide saßen nun mit verschränkten Armen in einer Ecke und sahen sehr unglücklich aus.

Ungefähr genauso unglücklich, wie Caroline sich seit ihrer letzten Begegnung mit Grady fühlte.

Viele Paare strömten bereits auf die Tanzfläche, und wenn sie noch länger wartete, würde sie diese Gelegenheit verpassen. Savannah, die Laredo aufgefordert hatte, lächelte ihr aufmunternd zu und deutete mit einem Nicken in Gradys Richtung. Sie war diejenige gewesen, die ihr geraten hatte, sich mit Grady zu versöhnen.

Als Caroline vor ihnen stehen blieb, verstummten Cal und er, und Grady blickte sie fragend an.

»Möchtest du tanzen?« Sie deutete auf die Tanzfläche, wo einige Paare sich schon im Kreis drehten. Ihr Puls raste, und sie war fest davon überzeugt, dass Grady sie demütigen würde, indem er ihr einen Korb gab.

Er runzelte die Stirn.

»Es ist Damenwahl«, fügte sie kleinlaut hinzu.

Daraufhin blickte er sich um. »Du forderst *mich* auf?«

»Nein«, entgegnete sie scharf. »Ich dachte, ich fange hier an und arbeite mich dann langsam vorwärts. Wenn du Nein sagst, frage ich Cal. Komm schon, Grady, es ist doch keine so schwierige Entscheidung.«

Einen Moment schien es, als würde er tatsächlich ablehnen, doch schließlich stand er zu ihrer Erleichterung auf. »Ich bin kein guter Tänzer«, meinte er leise.

Steif ging er neben ihr zur Tanzfläche. Dann legte er ihr den Arm um die Taille, hielt sie aber auf Abstand, als hätte sie eine ansteckende Krankheit.

»Ich beiße nicht«, bemerkte Caroline amüsiert.

»Versprochen?« Er zog sie ein wenig dichter an sich.

Die Musik war leise und sanft, und sie bewegten sich ein wenig hin und her, ohne richtig zu tanzen. Caroline war es nur recht, da sie auch nicht besonders gut tanzen konnte. Sie blickte sich auf der Tanzfläche um. Savannah und Laredo tanzten eng umschlungen und selbstvergessen. Wie sie die beiden um ihr Glück beneidete! Ihr Herz krampfte sich plötzlich zusammen, weil sie sich auch nach Liebe und Geborgenheit sehnte.

»Warum hast du mich aufgefordert?«, erkundigte Grady sich schroff.

»Weil mir nichts anderes übrig blieb. Als wir uns das letzte Mal unterhalten haben, hast du gesagt, *ich* müsste *dich* fragen.«

Caroline spürte, wie er sich ein wenig entspannte. »Mit anderen Worten, ich muss den nächsten Schritt tun.«

Sie lächelte. »So ungefähr.«

Er seufzte tief und zog sie noch näher an sich. Dann schwiegen sie eine Weile.

Caroline wusste, dass sie ihre letzte Auseinandersetzung zur Sprache bringen musste, wenn sie sich mit Grady versöhnen wollte. »Ich habe mich nach unserem Streit letztens ziemlich schlecht gefühlt.«

»Ich auch«, gestand er. »Ich bin ein ziemlicher Hitzkopf.«

»Und ich bin zu ungeduldig.«

Sie verfielen wieder in Schweigen, und kurz darauf war der Tanz vorbei.

»Ich bin dir nicht auf die Füße getreten, oder?«, fragte Grady, als sie die Tanzfläche verließen.

»Ich habe es überlebt.«

Er lächelte, und Caroline erwiderte sein Lächeln. Unwillkürlich hielt sie den Atem an, denn sie hoffte, er würde sie um den nächsten Tanz bitten. Doch er tat es nicht.

»Danke«, sagte er nur.

»Gern geschehen.« Sie wandte sich ab und versuchte, sich nicht anmerken zu lassen, wie enttäuscht sie war.

***

Glen konnte nicht stillsitzen. Er war seit einer Stunde wieder zu Hause und hatte nicht länger als fünf Minuten in einer Position verharren können. Er setzte sich vor den Fernseher, sprang dann wieder auf und ging in die Küche. Die ganze Zeit überlegte er fieberhaft.

Er machte sich einen Becher Instantkaffee und kehrte damit ins Wohnzimmer zurück. Cal, der gerade die Spätnachrichten sah, bedachte ihn mit einem neugierigen Blick.

Glen setzte sich wieder, rutschte jedoch wenige Minuten später unruhig hin und her.

»Verdammt, was ist los mit dir?«, fragte Cal, als Glen zum sechsten Mal innerhalb von sechs Minuten aufsprang.

»Nichts ist los.«

»Du denkst wieder an Elaine, stimmt's?«

Das stimmte, doch Glen hatte nicht die Absicht, es zuzugeben. »Wie kommst du darauf?«

Cal lachte schallend. »Weil man es dir an der Nasenspitze ansieht, kleiner Bruder. Du bist in Elaine verliebt.«

Glen wollte es abstreiten, überlegte es sich aber anders. Nachdem er sich vor der ganzen Gemeinde bloßgestellt hatte, würde er sich noch mehr blamieren, wenn er es leugnete. Allerdings war er sich nicht im Klaren darüber, welcher Art die Gefühle waren, die er Elaine entgegenbrachte. Er wollte sie wie ein Bruder beschützen, aber seine Reaktion auf Richard und dessen Verhalten hatte bewiesen, dass es um mehr ging als das.

»Richard hat sie nach Hause gebracht.« Zum ersten Mal sprach er aus, was ihn beschäftigte, seit er die Grange Hall verlassen hatte.

»Und du glaubst nicht, dass er sich ihr gegenüber wie ein Gentleman verhält?«

»Ganz genau, verdammt noch mal!« Je mehr er darüber nachdachte, dass Richard mit Elaine allein war, desto mehr regte er sich auf. Elaine wusste sich zwar zu wehren, aber sie war momentan ziemlich verletzlich, und Richard gehörte zu den Männern, die so etwas ausnutzten.

»Ich fahre in die Stadt«, verkündete Glen. Er wollte sich vergewissern, dass alles in Ordnung war. Und er wollte mit Elaine reden.

»Jetzt?« Cal warf einen Blick auf seine Armbanduhr. »Es ist fast Mitternacht.«

»Das ist mir egal.« Glen schnappte sich seine Jacke und eilte zur Tür. Er hätte den beiden direkt folgen sollen, doch nach ihrer Auseinandersetzung hatten Elaine und er kaum ein Wort miteinander gewechselt.

»Du könntest sie vorher anrufen«, schlug Cal vor.

Glen blieb stehen und dachte darüber nach, doch dann schüttelte er den Kopf. »Ich muss ihr etwas sagen, und das tue ich am besten persönlich.«

»Was willst du ihr denn zu dieser späten Stunde sagen?«

»Das weiß ich noch nicht.« Glen ließ die Fliegentür hinter sich zuknallen. Vielleicht würde ihm ja noch etwas einfallen.

Er erreichte die Stadt in Rekordzeit. Nachdem er ausgestiegen war, atmete er einige Male tief durch und ging auf Elaines Haus zu. Er klingelte, und als Elaine nicht sofort öffnete, klopfte er.

Schließlich ging das Licht auf der Veranda an, und er hörte Schritte. »Wer ist da?«, fragte sie.

»Glen!«, rief er so laut, dass vermutlich die halbe Nachbarschaft davon wach wurde. »Mach auf, Elaine. Ich muss mit dir reden.«

»Es ist mitten in der Nacht«, protestierte Elaine, doch er hörte, wie sie aufschloss.

Offenbar kam sie aus dem Bett, denn sie trug einen Bademantel, und ihr Haar war zerzaust. Sie bat ihn nicht herein, aber es war ihm nur recht.

»Ich hoffe, es ist etwas Wichtiges«, sagte sie leise.

»Das ist es auch.« Doch zu seinem Entsetzen fiel ihm nichts ein. Und nicht nur das, er konnte den Blick nicht von ihr abwenden. Selbst ungeschminkt und mit zerzaustem Haar war sie schön. Nur seltsamerweise war ihm das bis jetzt noch nie aufgefallen.

»Würdest du bitte aufhören, mich so anzustarren?«

»Ist Richard bei dir?« Kaum hatte er die Worte ausgesprochen, wurde ihm klar, dass er nichts Schlimmeres hätte sagen können.

Statt zu antworten, knallte Elaine ihm die Tür vor der Nase zu.

Glen hielt sich am Türrahmen fest und stieß mit dem Kopf dagegen. In der Hoffnung, dass sie ihm noch eine Chance geben würde, drückte er wieder auf die Klingel.

»Elaine, es tut mir leid. Ich habe es nicht so gemeint«, rief er.

Elaine schwieg. »Hau ab!«, rief sie schließlich.

»Das kann ich nicht«, erwiderte er unglücklich.

Das Licht ging aus, und er setzte sich auf die oberste Verandastufe. Er fühlte sich wie der größte Idiot aller Zeiten. Er stützte die Ellbogen auf die Knie und ließ die Hände herabbaumeln, weil er nicht einmal die Energie aufbrachte, zu seinem Wagen zurückzugehen.

Nachdem er ungefähr zehn Minuten so dagesessen hatte, hörte er, wie die Tür leise hinter ihm geöffnet wurde. Wenn er nicht so niedergeschlagen gewesen wäre, wäre er aufgesprungen und hätte Elaine um Verzeihung gebeten. Doch er war davon überzeugt, dass sie Sheriff Hennessey angerufen hatte. Er hätte es ihr nicht verdenken können.

Zu seiner Überraschung setzte sie sich zu ihm.

»Es tut mir leid, Elaine«, flüsterte Glen, ohne sie anzusehen. »Ich kann einfach nicht glauben, dass ich etwas so Dummes gefragt habe.«

»Ich auch nicht.«

»Ich musste ständig daran denken, dass er dich nach Hause gebracht hat, und dann ist es einfach über mich gekommen.« Obwohl ihm klar war, dass er damit womöglich alles noch schlimmer machte, fügte er hinzu: »Hat er dich geküsst?«

Elaine stöhnte und barg das Gesicht in den Händen.

»Heißt das Ja oder Nein?«

»Es heißt, dass es dich nichts angeht.«

Richard hatte sie also geküsst. Es war offensichtlich. Sonst hätte sie es sofort abgestritten. Glen wurde noch verzweifelter. Noch vor kurzer Zeit hätte es ihm nichts ausgemacht, doch jetzt tat es das. Eine Menge sogar.

»Was ist mit uns passiert?«, erkundigte sie sich. »Wir waren so gute Freunde.«

»Stimmt«, bestätigte er. »Gute Freunde.«

»Und dann hast du mich geküsst.«

Er hatte diesen Kuss immer wieder durchlebt und sich ins Gedächtnis gerufen, wie es gewesen war, sie in den Armen zu halten, ihre Lippen zu schmecken und ihr Haar zu berühren. Wie es gewesen war, einander so *nah* zu sein.

»Du kannst mich ruhig zum Teufel wünschen, aber ich würde alles darum geben, dich jetzt wieder zu küssen«, flüsterte er.

Er spürte, dass sie ihn betrachtete, und wandte sich halb zu ihr um. »Weil du glaubst, dass Richard mich vorhin geküsst hat?«, fragte sie.

»Nein«, erwiderte er leise. »Weil ich es muss.« Dann zog er sie an sich und war überglücklich, als sie seinen Kuss mit derselben Leidenschaft erwiderte. Danach hatte er sich die ganze Zeit gesehnt. Elaine lag in seinen Armen. Elaine war an seiner Seite.

»Ich will es auch«, flüsterte sie.

Glen küsste sie wieder. Zum ersten Mal an diesem Abend – in dieser Woche – war er mit sich selbst im Reinen.

7. Kapitel

Fünf Minuten nach Beginn des Gottesdienstes setzte sich Elaine am Sonntagmorgen auf den letzten freien Platz in der Kirche, nahm sich ein Gesangbuch und stimmte mit ein. Dass sie einige Aufmerksamkeit erregte, führte sie zuerst auf ihr Zuspätkommen zurück. Allerdings hatte sie nicht verschlafen.

Sie hatte sich stundenlang im Bett hin und her gewälzt, und als sie schließlich eingenickt war, hatte sie sehr schlecht geschlafen. Sie gab Glen die Schuld daran – und noch für vieles mehr.

Selbst als Pfarrer Wade McMillen mit der Predigt begann, spürte Elaine die Blicke ihrer Freunde und Nachbarn auf sich gerichtet. Auch das schrieb sie Glen zu. Der Mann hatte sie zum Gegenstand wildester Spekulationen gemacht. Zuerst hatte er sie vor der ganzen Stadt blamiert, und dann hatte er sie mitten in der Nacht geweckt, beleidigt und schließlich geküsst, bis ihr schwindelig wurde. Sie konnte sich nicht entsinnen, je so durcheinander gewesen zu sein.

Und Richard war keinen Deut besser. Er hatte Glen bewusst provoziert und ihm den Eindruck vermittelt, sie wären zusammen. Außerdem war er egoistisch und nicht vertrauenswürdig, und Glen war … Glen. Ihr Freund.

Natürlich war keiner der beiden zum Gottesdienst erschienen.

Elaine konzentrierte sich auf die Predigt, und als der Gottesdienst zu Ende war, hoffte sie, sich unbemerkt davonstehlen zu können. Allerdings merkte sie, dass es nicht so einfach sein würde, denn kaum hatte die Orgel wieder eingesetzt, war sie von mehreren Leuten umringt.

»Ich habe alles gesehen.« Louise Powell schlich sich an Elaine heran, als wären sie alte Freunde. »Nicht jede Frau hat zwei Männer, die ihretwegen aufeinander losgehen.«

»Ich glaube, Sie haben das Ganze missverstanden«, erwiderte Elaine verzweifelt.

»Ich kenne Glen Patterson schon seit seiner Kindheit«, meldete sich Ruth Bishop hinter Louise zu Wort. »Und wenn er etwas will, dann bekommt er es auch.«

»Ich würde Richard Weston nicht unterschätzen«, meinte Louise. »Er ist ein Mann von Welt. Elaine könnte es schlimmer treffen.«

Elaine hasste es, wenn die Leute alles über sie zu wissen glaubten.

»Bleib in meiner Nähe«, flüsterte Edwina Moorhouse, die plötzlich neben ihr aufgetaucht war und sie unterhakte. »Lily«, wies sie ihre jüngere Schwester an, »geh auf die andere Seite.« Und wieder an Elaine gewandt, fügte sie hinzu: »Wir bringen dich hier raus.«

Elaine war dankbar, dass die beiden Schwestern sie unter ihre Fittiche nahmen, denn Louise Powell war die größte Klatschtante der Stadt und mischte sich ständig in Dinge ein, die sie nichts angingen.

»Ladys, Ladys«, sagte sie scharf und folgte ihnen. »*Ich* habe gerade mit Elaine geplaudert.«

»Jetzt nicht mehr.« Edwina stellte sich vor Elaine.

Wenn sie nicht so übermüdet gewesen wäre, hätte Elaine laut gelacht, denn beide Schwestern wirkten ziemlich kampflustig.

»Ich wollte doch nur …«

»Wir wissen genau, was du wolltest, Louise«, erklärte Edwina in einem Tonfall, der Elaine an ihre Schulzeit erinnerte.

»Louise«, meinte Lily freundlich, »erinnerst du dich noch an die sechste Klasse, als Larry Marino …«

Louise errötete verlegen. »Ja, ich erinnere mich«, flüsterte sie.

»Es wäre doch peinlich, wenn es sich herumsprechen würde, oder?«

»Das war vor fast vierzig Jahren!«, protestierte Louise.

»Und heute wäre es genauso ein Skandal wie damals«, erklärte Lily. »Also, Elaine kommt jetzt mit uns.«

Louise wandte sich ab und kehrte zu ihrem Mann zurück, der bereits ungeduldig auf sie wartete.

»Lily!«, sagte Edwina atemlos. »Was ist damals zwischen Louise und Larry vorgefallen?«

»Ich weiß es auch nicht, meine Liebe.«

»Schwester, du erstaunst mich!«

Nun begann Elaine zu kichern.

Sobald Louise außer Hörweite war, drehte Edwina sich zu Elaine um. »Ist alles in Ordnung?«

»Natürlich.«

»Ich hoffe, du verzeihst den anderen ihre Neugier.«

»Ich schätze, das ist ganz normal«, gestand Elaine. »Vor allem in Anbetracht dessen, was gestern bei der Party passiert ist.«

»Ja, wir haben davon gehört.« Lily tätschelte ihr die Hand. »Du hast uns zwar nicht darum gebeten, aber ich würde dir trotzdem gern einen Rat geben.«

»Weil deine Mutter nicht da ist«, warf Edwina ein.

»Bitte tun Sie das.« Da sie die beiden Schwestern immer sehr gerngehabt hatte, wäre es Elaine nicht im Traum eingefallen, irgendetwas auszuschlagen, was sie ihr anboten.

»Edwina und ich haben zwar nie geheiratet, aber wir wissen trotzdem einiges über die Liebe.«

»Das glaube ich gern.«

Edwina nahm Elaines Hand. »Folge deinem Herzen, Kind.«

»Ja, folge deinem Herzen«, echote Lily.

»Das werde ich«, versprach Elaine.

Auf dem Nachhauseweg dachte sie noch immer über

den Rat der beiden nach. Zuerst fuhr sie zum Lebensmittelgeschäft, um einzukaufen. Als sie kurz darauf in die Straße einbog, in der sie wohnte, bemerkte sie den Pick-up vor ihrem Haus. Sie stöhnte, als sie Richard auf der Veranda sitzen sah.

Er war wirklich der Letzte, den sie jetzt sehen wollte. Allerdings wollte sie Glen genauso wenig sehen, denn sie wollte nicht über seine Küsse nachdenken. Sie fürchtete, dass er in Richard einen Rivalen sah und nur deswegen gestern bei ihr gewesen war.

Was er nicht wusste, war, dass Richard sie gar nicht geküsst hatte. Versucht hatte er es zwar, doch sie hatte ihn abblitzen lassen.

Da sie schlecht vor ihm fliehen konnte, bog sie in ihre Auffahrt und stieg aus dem Wagen. Richard blickte auf, offenbar überrascht darüber, dass sie eingekauft hatte.

»Elaine.« Lächelnd sprang er auf und kam auf sie zu, um ihr die Tüten abzunehmen. »Du hättest etwas sagen können.«

Elaine sträubte sich dagegen, doch er nahm ihr die Tüten ab. »Das ist doch das Mindeste, was ich tun kann.« Leider hatte er nun auch einen Grund, ihr ins Haus zu folgen.

Er stellte die Tüten auf den Küchentresen und begann sofort, sie auszupacken. »Nicht zu fassen«, bemerkte er beim Anblick der Eier. »Gerade vor fünf Minuten hatte ich einen Riesenappetit auf ein Omelett mit Pilzen und Käse.« Mit einer dramatischen Geste nahm er eine Tüte mit Pilzen und ein Stück Käse aus der Tüte. »Das ist Schicksal.«

»Richard, ich glaube nicht …«

»Ich werde uns eins machen.« Er umfasste ihre Schultern und drückte Elaine auf einen Küchenstuhl. »Setz dich und fühl dich wie zu Hause.«

»Ich bin zu Hause.« Trotz seines anmaßenden Verhaltens musste sie lächeln.

Richard zögerte einen Moment. Dann lächelte er wieder. »Ah, ja, stimmt.«

Als sie aufstehen wollte, drückte er sie wieder auf den Stuhl.

»Überlass alles mir«, meinte er fröhlich.

»Richard …«

»Ich bestehe darauf.« Er öffnete den Schrank und nahm eine kleine Schüssel heraus. Ehe Elaine ihn daran hindern konnte, wirbelte er in der Küche herum, als hätte er sein ganzes Leben nichts anderes gemacht.

»Du siehst heute morgen besonders hübsch aus«, bemerkte er, während er das geschlagene Ei in die Pfanne goss.

»Ja, ja.« Sie war nicht in der Stimmung für Schmeicheleien. »Das ist nichts Neues.«

»Aber es stimmt!«

Im nächsten Moment klingelte es an der Tür, und er gab ihr mit einer Geste zu verstehen, dass sie öffnen sollte.

Elaine war gedanklich zu sehr damit beschäftigt, wie sie ihn loswerden konnte, um sich über seine herrische

Art zu ärgern oder sich zu fragen, wer sie unangemeldet besuchte. Als sie jedoch öffnete, wünschte sie, sie hätte es getan.

Vor ihr stand Glen Patterson.

Verblüfft sah sie ihn an. Mit ihm hatte sie nicht gerechnet.

»Glen!«

»Wer ist da, Schatz?« Richard kam aus der Küche, ein Geschirrhandtuch um die Taille geschlungen und die Pfanne in der Hand. »Tag, Nachbar«, rief er. »Ich mache uns gerade einen kleinen Brunch. Wenn du willst, kannst du uns Gesellschaft leisten.«

In seine Augen trat ein harter Ausdruck, als Glen wieder Elaine ansah. Sie versuchte, ihm zu verstehen zu geben, dass es nicht so war, wie es den Anschein hatte. Doch er hatte sich bereits eine Meinung gebildet.

»Ich komme ein andermal wieder«, sagte er leise.

»Bleib doch«, drängte Richard, ganz der großzügige Gastgeber. »Ich bin ein guter Koch. Frag Elaine.«

Elaine musste an sich halten, um ihm nicht gegen das Schienbein zu treten.

***

Drei Tage waren vergangen, seit er Richard bei Elaine angetroffen hatte. Drei schreckliche Tage. Noch immer wurde Glen fuchsteufelswild, wenn er daran dachte.

Seitdem hatte er nicht mehr mit Elaine gesprochen. Normalerweise kaufte er am Dienstagnachmittag immer Vorräte bei ihr, und fast immer plauderten und scherzten sie dann eine Weile miteinander. Allerdings war das in letzter Zeit kaum noch vorgekommen. Er war am Dienstag nicht in die Stadt gefahren und hatte auch am heutigen Mittwoch keine Lust dazu. Sollte Elaine ihn doch ruhig vermissen, wenn es auch keinen Hinweis darauf gab, dass sie es überhaupt tat.

Weil er ständig an sie denken musste, war er bei der Arbeit zu nichts zu gebrauchen. Daher wies Cal ihn an, loszureiten und die Zäune zu überprüfen.

Doch auch als Glen zur Ranch zurückkehrte, ging Elaine ihm nicht aus dem Sinn. Wenn er nicht an sie dachte, dann an Richard Weston. Vermutlich machte er sich jetzt erst recht an sie heran. Wenn das der Fall war, so konnte Glen daran wohl nichts ändern. Allerdings hoffte er, dass sie nicht auf Richard hereinfiel.

Ein Mann hatte schließlich seinen Stolz. Glen hatte Elaine zwei Mal geküsst. Also warum merkte sie nicht, dass sie beide etwas Besonderes miteinander verband? Sie hatten zwar nicht über ihre Gefühle gesprochen, aber genau das hatte er am Sonntag vorgehabt, als er Richard bei ihr angetroffen hatte.

Seiner Meinung nach musste Elaine sich bei ihm entschuldigen. Er hatte sie nie zu den Frauen gezählt, die einen Mann gegen den anderen ausspielten, doch er hatte den Beweis mit eigenen Augen gesehen.

Als Glen Moonshine in den Stall führte, wartete Cal dort auf ihn.

»Holst du diese Woche noch Futter oder nicht?«, erkundigte er sich.

»Ja«, erwiderte Glen wenig begeistert.

»Wenn es ein Problem für dich ist, fahre ich selbst in die Stadt.«

»Nein, kein Problem.« Verdammt, er konnte sich nicht eine Minute länger von Elaine fernhalten, und das wusste er!

Sein Mund war wie ausgetrocknet, als Glen kurz darauf nach Promise fuhr. Daher kehrte er auf ein kühles Bier im *Billy D's* ein, allerdings mehr, um sich Mut anzutrinken, als um seinen Durst zu löschen.

Billy D stand hinter der Bar, als Glen hereinschlenderte. Da die Rancher sich immer hier trafen, wenn sie in die Stadt kamen, war meistens jemand da, den er kannte. Billy war ein netter Kerl und jeder in Promise mochte ihn. Obwohl er außerdem eine anständige Pizza und ein gutes Hähnchen machte, kamen nur wenige Gäste des Essens wegen.

»Wenn das nicht Glen Patterson ist!«, rief Billy, als er Glen sah.

Die Rancher an der Bar hoben die Hand zum Gruß.

Glen schob seinen Stetson ein wenig zurück.

»Ein kühles Bier?«, fragte Billy.

»Klingt gut.« Glen ging zum Tresen und legte einige Münzen darauf.

Billy schob schwungvoll einen Krug über den polierten Tresen, und Glen griff danach.

Billy lächelte breit. »Behalt dein Geld. Der geht auf's Haus.«

Glen zog die Augenbrauen hoch und hob den Krug an die Lippen. Es ging doch nichts über ein kühles Bier an einem heißen Tag, besonders wenn es gratis war.

»Gibt es einen besonderen Grund dafür, dass du heute Bier verschenkst?«, erkundigte er sich, nachdem er den Krug halb geleert hatte.

»Nur an dich.«

»Was ist an mir so besonders?«

Billy warf ihm einen vielsagenden Blick zu. »Ich schätze, du wirst Richard Weston gegen dich aufbringen. Ich kann es kaum erwarten.«

Glen runzelte die Stirn. »Ich habe keinen Streit mit Weston.« Er hatte beschlossen, sich da herauszuhalten. Wenn Elaine mit Richard zusammen sein wollte, würde er sie nicht daran hindern.

»Es ist dir egal?« Billy sah aus, als wollte er sein Bier zurückhaben. »Richard war hier, und wenn man ihn so reden hört, hat er Elaine schon fast einen Verlobungsring an den Finger gesteckt. Das wirst du doch nicht zulassen, oder?«

»Was soll ich denn dagegen tun?« Glen bemühte sich, seine Gefühle nicht zu zeigen.

Billy stützte die Hände auf den Tresen und beugte sich zu ihm herüber. »Ist das dein Ernst?«

»Allerdings.«

»Den Eindruck hatte ich am Samstagabend aber nicht. Mit eurem Texas Two-Step seid ihr drei das Gesprächsthema der Woche, und einige Leute haben schon gewettet, wer von euch Elaine heiraten wird.«

»Von mir aus kann Richard sie haben.« Das war eine glatte Lüge, doch Glen betrachtete es als Schadensbegrenzung. Für sein Ego *und* seinen Ruf.

»Ich finde, du bist der bessere Mann«, erklärte Lyle Whitehouse. Seine Ranch lag dichter an Brewster als an Promise, doch er war in vielen Kneipen kein gern gesehener Gast, weil er als Hitzkopf galt. Im *Billy D's* hatte er noch keine Prügelei angezettelt. *Noch* nicht.

Jimmy Morris stand neben ihm. »Bei der Ehe geht es nicht darum, ob ein Mann besser ist«, meinte er schwerfällig. »Frauen sind nicht besonders wählerisch.«

»Stimmt«, bestätigte Lyle. »Aber ein bisschen Überzeugungsarbeit kann nicht schaden ...« Er zwinkerte. »Du weißt schon, was ich meine.«

»Richard scheint zu glauben, er wäre dir überlegen«, erklärte Billy. »Und damit macht er sich nicht gerade beliebt.«

»Auch wenn er ständig einen ausgibt«, ergänzte Jimmy.

»Richard feiert schon?«, fragte Glen. Beim Gedanken daran, dass Richard Elaine womöglich bereits einen Heiratsantrag gemacht und sie Ja gesagt hatte, wurde ihm übel. Er hatte immer angenommen, sie würde sich letztendlich doch für ihn entscheiden. Weil sie miteinander befreundet waren und so viel gemeinsam hatten ... und weil sie sich so intensiv geküsst hatten.

Er konnte sich beim besten Willen nicht vorstellen, dass diese Küsse Elaine so wenig bedeutet hatten.

»Weston ist sich seiner so sicher, dass er schon Wetten entgegennimmt.«

»In denen er sich als Favorit erklärt.« Missbilligend presste Billy die Lippen zusammen.

»Natürlich«, bemerkte Jimmy und trank einen Schluck Bier.

»Wir hatten gehofft, du würdest ihm einen Dämpfer geben«, sagte Lyle.

Glen wusste nicht, was das Problem mit Richard Weston war. Er hatte noch nie jemanden kennengelernt, der so einnehmend und trotzdem so unbeliebt war. Richard konnte charmant und witzig sein, und gleichzeitig war er der größte Idiot in ganz Texas.

»Was denkst du?«, hakte Billy nach.

»Du wirst das doch nicht einfach hinnehmen, oder?«, fragte Lyle.

»Du musst etwas unternehmen«, fügte Jimmy hinzu. »Wir haben Geld auf dich gesetzt!«

Alle blickten Glen erwartungsvoll an. Nur leider hatte er keine Ahnung, was genau er tun sollte.

***

Eines der schwersten Dinge, die Richard je getan hatte, war, nach Promise zurückzukehren – pleite, wie ein geprügelter Hund und auf Almosen von seinen Geschwistern angewiesen. Und bereits nach einem Monat hatte er geglaubt, vor Langeweile zu sterben, denn Promise war tiefste Provinz. Richard blickte starr an die Wände seines alten Zimmers und seufzte. Niemals hätte er es für möglich gehalten, je wieder hier zu landen.

Was ihn faszinierte, war die Leichtgläubigkeit der Leute hier. Alle – außer dem Sheriff vielleicht, und der konnte ihm nichts nachweisen – nahmen ihm seine Lügen ohne Weiteres ab. Er hatte recht mit seiner Annahme gehabt, dass er hier vor seinen Problemen sicher wäre.

Wenn nur die Langeweile nicht gewesen wäre. Richard seufzte. Und die Kühe …

Er hatte fast sechs Jahre gebraucht, um den Gestank loszuwerden. Für ihn waren Kühe Probleme auf Hufen. Sein Vater und sein Bruder hatten immer so getan, als gäbe es nichts Schöneres im Leben, als eine Ranch zu führen – ihn hingegen hatte es noch nie gereizt. Allein beim Gedanken daran, den ganzen Tag im Sattel zu sitzen, wurde ihm übel, obwohl Grady sein Bestes getan hatte, ihn einzuspannen. Bisher war es Richard gelungen, sich weitgehend vor der Arbeit zu drücken. Er hatte sich bereit erklärt, Besorgungen zu machen, sodass er jederzeit über den Pick-up verfügen konnte – und das kam ihm aus anderen Gründen zugute.

Zu seiner Überraschung hatte er einige Möglichkeiten gefunden, sich abzulenken. Elaine Frasier zum Beispiel. Sie war ein süßes Ding und sogar hübsch, wenn man über zu kleine Brüste und dünne Beine hinwegsah. Er bevorzugte zwar üppigere Frauen, aber ihr lukratives Geschäft und das Erbe ihres Vaters machten ihre fehlenden Kurven wett.

Er konnte das Geld des alten Frasier gut gebrauchen, denn damit würde er all seine Probleme lösen.

Vorerst war er in Promise sicher, denn niemand wusste von seiner Familie, und selbst wenn man erfuhr, dass er sich in Texas aufhielt, würde man ihn hier nicht finden.

Das hatte er Savannah zu verdanken. Bisher hatte er immer Glück im Leben gehabt, und deswegen würde er auch diesmal eine Lösung finden.

Es gibt wirklich Schlimmeres auf der Welt, als Elaine Frasier zu heiraten, dachte Richard, während er auf seinem Bett lag, die Arme hinter dem Kopf verschränkt. Er würde sie bald fragen, und wenn sie das Geschäft nicht verkaufen wollte, würde er es übernehmen.

Ihm gefiel die Vorstellung, Geschäftsmann in Promise zu werden. Er erinnerte sich noch gut daran, dass eine seiner Lehrerinnen, Lily Moorhouse, ihm geraten hatte, Politiker zu werden. Vielleicht hatte die alte Tante recht. In einigen Jahren könnte er für das Amt des Bürgermeisters kandidieren. Dieses verschlafene Nest brauchte jemanden, der es ins 21. Jahrhundert führte.

Allerdings musste er die Einwohner für seine Ideen gewinnen. Zuerst einmal musste man die Bowlingbahn schließen, weil sie dem Image der Stadt schadete. Außerdem würde er Land außerhalb der Stadt kaufen und Investoren für den Bau eines Einkaufszentrums gewinnen. Es wurde Zeit, dass die Geschäftsleute im Ort erfuhren, was Wettbewerb bedeutete.

Alles hing von Elaine ab. Er hatte sie einige Male geküsst, und obwohl sie ihn nicht gerade in Ekstase versetzt hatte, war sie nicht schlecht. Allerdings war sie in Glen Patterson vernarrt. Es wäre Grund zur Besorgnis gewesen, wenn Patterson nicht ständig ins Fettnäpfchen treten würde.

Der arme Junge war Frauen gegenüber völlig unbeholfen – im Gegensatz zu Richard, der die Klaviatur des Paarungsrituals virtuos beherrschte. So wie er die Lage einschätzte, würde Elaine ihm noch in diesem Monat das Jawort geben, denn es gab keine Frau, die seinem Charme widerstehen konnte. Die kleine Elaine Frasier hatte keine Chance, ihm zu entkommen.

Und im *Billy D's* würde er einige Dollar zusätzlich bekommen, wenn er beim Texas Two-Step gewann.

Alles in allem war es ein gutes Geschäft.

***

Seit er erwachsen war, war Glen meistens mit sich und der Welt zufrieden. Er hatte zusammen mit Cal die

Ranch von ihren Eltern übernommen, arbeitete hart und kümmerte sich nur um seine Angelegenheiten. Seine Beziehungen zu Frauen waren oberflächlich gewesen und hatten ihm letztendlich nichts bedeutet. Bisher hatte er ein beschauliches Leben geführt.

Gab es Probleme, löste er sie entweder selbst oder fragte Cal um Rat. Seit seinem dreizehnten Lebensjahr hatte er nicht mehr das Bedürfnis verspürt, mit seinem Vater über Mädchen zu sprechen. Frauen waren das, was sein Großvater als »persönliche Angelegenheiten« bezeichnet hatte.

Seine Eltern waren vor einigen Jahren in die Stadt gezogen. Sein Vater hatte damals einen Herzinfarkt erlitten, und obwohl er die Bypassoperation gut überstanden hatte, wollte seine Mutter kein Risiko eingehen. Da sie schon seit Jahren mit dem Gedanken gespielt hatten, nach Promise zu ziehen, und sein Vater noch nicht in den Ruhestand gehen wollte, hatten sie sich die Howe Mansion gekauft, die eigentlich kein Herrenhaus war, sondern lediglich das größte Haus in der Stadt. Sie hatten es gemeinsam renoviert und knapp ein Jahr später eine Bed-and-Breakfast-Pension eröffnet.

Cal und Glen hatten anfangs ihre Zweifel gehabt, doch die Pension florierte, und auch ihren Eltern ging es hervorragend. Seine Mutter beklagte sich derzeit häufig, dass sie ihre Söhne so selten sah. Daher würde sie sicher überrascht sein, wenn er spontan auftauchte.

»Hallo, Mom«, begrüßte er sie, als er die Küche betrat, und küsste sie auf die Wange.

Mary Patterson umarmte ihn stürmisch. »Koste mal«, sagte sie dann und hielt ihm einen Löffel unter die Nase.

Glen drehte den Kopf weg. »Was ist das?«

»Chili. Ich übe für den Kochwettbewerb.«

»Der ist doch erst in einigen Monaten, Mom.«

»Ich weiß, aber ich habe ein neues Rezept ausprobiert. Was meinst du?«

Er probierte das Chili und versuchte, sich nicht anmerken zu lassen, was er davon hielt. Es schmeckte äußerst merkwürdig.

Seine Mutter betrachtete ihn aufmerksam. »Ich muss noch dran arbeiten, stimmt's?«

Glen nickte. »Du solltest das Rezept noch einmal überdenken, Mom.«

Sie seufzte und warf den Löffel in die Spüle. »Das hatte ich befürchtet.«

»Wo ist Dad?«, erkundigte er sich betont beiläufig.

»Oben. Der Abfluss im Bad ist wieder einmal verstopft. Du siehst besorgt aus, ist etwas passiert?«

Wieder nickte er. Seiner Mutter entging nichts.

»Hat es etwas mit Elaine Frasier zu tun?«

»Ja.«

Sie lächelte und deutete auf die Treppe. »Sprich mit deinem Vater, aber wenn du wissen willst, wie du ihr eine gewisse Frage stellen sollst, frag lieber mich. Davon hat dein Vater nämlich keine Ahnung.«

Schmunzelnd ging er nach oben ins Bad, wo er seinen Vater auf dem Boden liegend und mit einem Schraubenschlüssel in der Hand antraf.

»Hallo, Dad.«

»Wusste ichs doch, dass ich dich unten reden gehört habe!« Phil Patterson kam unter dem Waschbecken hervor und wischte sich die Hände mit einem Lappen ab. »Dieser Abfluss bringt mich noch um.«

Glen setzte sich auf den Rand der Badewanne.

»Hast du etwas auf dem Herzen, mein Sohn?«

Glen beugte sich vor, nahm seinen Stetson ab und drehte ihn langsam in den Händen. »Wie lange seid Mom und du jetzt verheiratet?«

»Hm, dein Bruder ist sechsunddreißig, also haben wir in diesem Jahr siebenunddreißigsten Hochzeitstag. Siebenunddreißig Jahre! So lange kommt es mir gar nicht vor. Ja, man wird alt.«

»Du bist nicht alt!«

Phil lächelte. »Du alter Schmeichler! Also, was brauchst du?«

»Nur einen Rat.«

»Wenn ich dir helfen kann, gern.« Phil stand auf, klappte den WC-Deckel herunter und setzte sich darauf.

Glen wusste nicht, wo er anfangen sollte. »Wann wusstest du, dass du Mom liebst?«, meinte er schließlich.

Sein Vater dachte einen Moment darüber nach. »Als sie es mir gesagt hat.« Er lachte, und Glen fiel ein. »Es ist die Wahrheit, Junge. Wir sind schon auf der Highschool miteinander ausgegangen, aber deine Mutter war zwei Jahre jünger als ich. Nach dem Abschluss bin ich zur Navy gegangen. Wir haben uns geschrieben, und ich habe ein bisschen von der Welt gesehen. Nach der Highschool hat deine Mutter in Dallas studiert. Wir haben uns drei Jahre nicht gesehen, hatten aber Kontakt zueinander. Sie hat mir viel öfter geschrieben als ich ihr. Dann haben wir uns Weihnachten zufällig wiedergetroffen, als wir beide zu Hause waren. Für mich war es ein Schock, weil mir vorher gar nicht wirklich bewusst gewesen war, wie hübsch sie war.«

Glen nickte. Seine Mutter war immer noch eine attraktive Frau.

»Ich war nicht der Einzige, der es bemerkt hat«, fuhr sein Vater fort. »Bis zu dem Zeitpunkt hatte ich sie nur als gute Freundin betrachtet, aber das hat mir die Augen geöffnet.«

»Hast du sie da gebeten, dich zu heiraten?«

»Nein! Ich dachte, ich hätte nicht das Recht, sie daran zu hindern, wenn sie mit anderen Männern ausgehen wollte.«

»Aber du warst in sie vernarrt, oder?«

»Ja, allerdings war mir nicht klar, wie sehr, bis wir uns einige Male geküsst hatten.«

»Hast du versucht, mit ihr zu reden?«

Wieder lachte Phil. »Sicher, aber wir haben uns nur gestritten.«

Das kam Glen bekannt vor. »Und was ist dann passiert?«

Sein Vater wurde nachdenklich. »Ich musste wieder zurück, und mir war klar, dass es vielleicht meine letzte Chance war. Ich habe den ganzen Abend versucht, sie anzurufen, aber sie ging nicht ran.« Er lächelte bei der Erinnerung daran. »Da ich nicht mitten in der Nacht klingeln konnte, habe ich mich schließlich unter ihr Fenster gestellt und Steine dagegengeworfen. Es hat eine Weile gedauert, bis sie sich bereit erklärt hat, mir zuzuhören. Dann hat sie sich mit mir auf die Veranda gesetzt. Ich war so durcheinander, dass ich gar nicht wusste, was ich sagen sollte.«

Interessiert beugte Glen sich weiter vor.

»Ich habe herumgedruckst und ihr gesagt, wie viel mir unsere Freundschaft bedeutet und wie ungern ich nach Maine zurückkehren würde, ohne das zwischen uns geklärt zu haben. Da hat sie mir in die Augen gesehen und mich gefragt, ob ich sie liebe.«

Seine Mutter war schon immer sehr mutig gewesen, und Glen bewunderte sie dafür. »Was hast du geantwortet?«

»Ich wusste nicht, was ich sagen sollte, denn es war das erste Mal, dass ich darüber nachgedacht habe. Als ich zögerte, ist Mary aufgesprungen und hat verkündet, ich sei der größte Idiot aller Zeiten, wenn mir nach drei Jahren immer noch nicht klar sei, was ich für sie empfinde. Sie war vielleicht wütend!« Phil schüttelte den Kopf und fuhr sich übers Kinn. »In all den Jahren, die wir verheiratet sind, habe ich sie nur ein paarmal so erlebt. Sie meinte, wenn ich irgend so ein Yankee-Mädchen heiraten würde, dann würde ich es bis an mein Lebensende bedauern.«

Er schwieg einen Moment, während er seinen Erinnerungen nachhing. »Dann rannte sie ins Haus«, fuhr er schließlich fort. »Es dauerte einen Moment, bis ich die Fassung wiedergewonnen hatte. Als ich ihr endlich nachlief, rannte sie schon die Treppe hoch, und ihre Eltern standen oben im Flur. Sie sahen mich an, als hätten sie mich am liebsten am nächsten Baum aufgeknüpft.«

»Was hast du getan?«

»Was ich schon viel früher hätte tun sollen: Ich habe ihren Vater um die Erlaubnis gebeten, sie heiraten zu dürfen.«

Glen stellte sich vor, wie sein Vater als junger Marinesoldat unten an der Treppe gestanden hatte, während seine große Liebe vor ihm weglief. »Und was hat Mom getan?«

»Sie ist auf halber Höhe stehen geblieben und hat sich zu mir umgedreht. Ihren Gesichtsausdruck werde ich nie vergessen.«

»Sie ist in Tränen ausgebrochen, stimmt's?«

»Nein. Sie stand ganz ruhig da und hat mich gefragt, wann die Hochzeit stattfinden soll. Ich habe gesagt, sie soll entscheiden, und sie hat geantwortet, in sechs Monaten.«

»Ich dachte, euer Jahrestag wäre am Valentinstag.«

»Das stimmt auch. Nachdem wir beschlossen hatten zu heiraten, wollte ich keine sechs Monate mehr warten. Im Sommer war dein Bruder schon unterwegs.« Sein Vater blickte ihn an. »Warum all die Fragen?«

»Ich bin nur neugierig.«

»Willst du Elaine bitten, dich zu heiraten?«

»Ich denke darüber nach, ja.«

Phil strahlte. »Hat sie dir schon gesagt, dass du sie liebst?«

»Nein. Ich glaube, es ist ihr gar nicht klar.«

Phil stand auf und klopfte Glen auf den Rücken. »Dann begründe eine neue Familientradition und sag es ihr selbst, mein Junge. Es ist höchste Zeit, dass die Männer in dieser Familie mal die Initiative ergreifen.«

8. Kapitel

Richard rollte sich aus dem Bett und griff nach seinen Jeans. Savannah machte gerade Frühstück, und es duftete köstlich.

Gähnend schnappte er sich auf dem Weg zur Tür ein Hemd, bevor er nach unten lief und die Küche betrat.

»Morgen«, grüßte er und gähnte wieder. Als er auf die Wanduhr blickte, stellte er überrascht fest, dass es bereits nach neun war. Wenn seine Schwester um diese Zeit Frühstück für ihn machte, bedeutete es, dass sie etwas mit ihm zu besprechen hatte. *Verdammt!*

»Morgen«, erwiderte sie auf die für sie so typische sanfte Art, die ihn manchmal richtig auf die Palme brachte. »Du musst heute für Grady in die Stadt fahren.«

»Kein Problem.« Er machte gern Besorgungen für seinen Bruder, weil er dann auch immer auf dessen Kosten etwas für sich kaufen konnte. Grady wusste natürlich nichts davon.

Savannah stellte ihm einen Teller hin, und Richard begann zu essen. Offenbar wollte sie ihm noch etwas sagen, denn sie blieb stehen und umklammerte die Lehne des Stuhls, der seinem gegenüberstand.

»In der Stadt wird viel über Elaine und dich geredet«, erklärte sie.

»Ach ja?« Ungerührt aß er weiter.

»Elaine ist eine wundervolle Person.«

Er zuckte die Schultern.

Nun zog sie den Stuhl hervor und setzte sich.

Verdammt, das hatte er herausgefordert! Da er wusste, dass sie Elaine mochte, wäre es besser gewesen, ihr den Eindruck zu vermitteln, dass er sich in Elaine verliebt hatte.

»Ich möchte nicht, dass du ihr wehtust, Richard.«

Für Savannah war das schon eine ziemlich strenge Aussage. »Elaine wehtun?«, fragte er und tat ganz entsetzt.

»Sie ist ... momentan sehr verletzlich.«

Richard legte die Gabel weg. »Es würde mir nicht im Traum einfallen, ihr wehzutun.«

»Dann hast du also ehrbare Absichten?«

Typisch Savannah! Sie redete, als würde sie im 19. Jahrhundert leben.

»Natürlich habe ich das. Ich möchte Elaine bitten, meine Frau zu werden.« Er hatte gehofft, dass sie genau das hören wollte, doch wider Erwarten fing sie nicht an, Hochzeitspläne zu schmieden.

»Es ist ein großer Schritt für mich«, fügte er hinzu.

Savannah krauste die Stirn. »Ich habe von deiner Wette gehört.«

»Ach, das.« Er machte eine wegwerfende Geste.

»Ich halte es für keine gute Idee, Wetten über ... über die Liebe abzuschließen, ob Elaine dich oder Glen heiraten wird.«

»Es war nur Spaß.« Was sie nicht wusste und was er ihr schlecht sagen konnte, war, dass er diesen Einfall in leicht alkoholisiertem Zustand gehabt hatte. Natürlich hatte er nach dem Fiasko beim Tanzabend viele Sticheleien einstecken müssen.

Glen Patterson war dafür verantwortlich. Seiner Meinung nach musste der sich bei ihm entschuldigen.

»Mit den Gefühlen anderer zu spielen ...«

»Ich spiele nicht mit Elaine«, fiel er Savannah ins Wort. »Ich liebe sie, Savannah.« Er tat sein Bestes, um aufrichtig zu wirken. Was er tatsächlich an Elaine liebte, waren ihr Geschäft und das Erbe ihres Vaters. Dass sie nicht schlecht aussah, war ein zusätzlicher Bonus. Außerdem fand er die Idee, zu heiraten und sich von einer Frau verwöhnen zu lassen, gar nicht so schlecht, zumal Savannah ihn auch nicht mehr so umsorgte wie zu Anfang.

»Ich möchte mit dir nicht nur über Elaine reden.«

»Heißt das, es gibt noch etwas?« Das war wirklich lächerlich. Er konnte es nicht ausstehen, wenn seine große Schwester sich in seine Privatangelegenheiten einmischte und ihm Vorträge hielt.

Sie machte einen Schmollmund, der ihn an ihre Mutter erinnerte. »Millie hat mich wegen einer unbezahlten Rechnung angerufen.«

»Millie?«

»Du kennst Millie«, sagte sie energisch.

»Ach, *die* Millie.« Er vollführte einen Balanceakt, was die in den letzten Monaten aufgelaufenen Rechnungen betraf. Eigentlich hatte er die Stadt längst wieder verlassen wollen, doch die Gelegenheit mit Elaine konnte er sich nicht entgehen lassen. Außerdem hatte er vorgesorgt und ein perfektes Versteck gefunden, von dem er im Falle eines Falles Gebrauch machen konnte. Vorerst allerdings konnte er Promise noch nicht verlassen. Grady und Savannah im Ungewissen zu lassen, bis er seine Zukunft gesichert hatte, erwies sich jedoch als echte Herausforderung.

»Millie sagte, du schuldest ihr vierhundert Dollar. Dein Scheck ist offenbar immer noch nicht eingetroffen …« Sie mied seinen Blick. »… aber du musst dich irgendwie mit Millie einigen.«

Richard spielte mit dem Gedanken, so zu tun, als wäre er überrascht, verwarf ihn aber wieder. »Na ja, ich habe noch etwas Geld übrig.« Er hoffte, sie würde es dabei bewenden lassen. »Ich war gestern da und habe bezahlt.«

Savannah betrachtete ihn kühl. So hatte er sie noch nie erlebt. »Ich habe gestern mit Millie gesprochen, und sie hat behauptet, sie hätte dich schon seit Wochen nicht mehr gesehen.«

»Millie war auch nicht da, sondern einer ihrer Angestellten.«

»Ich wusste gar nicht, dass Millie Mitarbeiter hat.« Ihr Blick war durchdringend.

»Wahrscheinlich eine Aushilfe«, erwiderte Richard leise. »Ich habe die Quittung in meinem Zimmer, wenn du sie sehen willst«, fügte er entrüstet hinzu, um ihr zu zeigen, wie sehr ihr mangelndes Vertrauen ihn kränkte.

»Wenn du sagst, du hättest bezahlt, bleibt mir wohl nichts anderes übrig, als dir zu glauben.«

Richard schob seinen Stuhl zurück und stand auf. »Allmählich habe ich den Eindruck, dass ich hier nicht mehr erwünscht bin.«

»Darum geht es nicht.«

»Ich bin nach Hause gekommen.« Stolz hob er das Kinn. »Es ist mir nicht leichtgefallen, ohne einen Cent in der Tasche hier zu erscheinen. Nun, da ich hier bin, ist mir klar, dass es ein Fehler war, überhaupt wegzugehen. Promise ist meine Heimat. Ich habe mich verliebt und möchte ein neues Leben beginnen, mit den Leuten, mit denen ich aufgewachsen bin. Leute, die ich schon mein ganzes Leben kenne. Wenn Grady und du mich loswerden wollt, müsst ihr es nur sagen, dann verschwinde ich.« Es war ein Risiko, das er eingehen musste. Doch er war schon immer ein Spieler gewesen und hatte meistens noch ein Ass im Ärmel.

»Ich werde dich nicht bitten zu gehen«, erklärte Savannah schließlich. »Aber ich warne dich – sei vorsichtig, was Elaine betrifft.«

Ihr kühler Tonfall gefiel ihm nicht.

»Und bezahl deine Rechnungen. Wenn Grady davon erfährt, gibt es Ärger. Er ist nämlich nicht annähernd so großzügig wie ich.«

»Es gibt keinen Grund zur Sorge«, versicherte Richard und brachte seinen Teller selbst zur Spüle – sozusagen als Versöhnungsgeste.

***

Es hatte so einfach geklungen, als Glen vor fast einer Woche mit seinem Vater gesprochen hatte. Er hatte sich vorgenommen, Elaine einen Heiratsantrag zu machen – doch dem Klatsch zufolge hatte Weston sich sein Schweigen zunutze gemacht.

Das war wirklich großartig. Wenn Elaine so von Richard beeindruckt war, sollte sie ihn haben. Zumindest sagte Glen sich das mindestens ein Dutzend Mal am Tag.

»Verdammt, ich weiß nicht, was ich tun soll«, sagte er leise zu Moonshine, während er dessen Hufe reinigte.

»Redest du mit mir?«, rief Cal vom anderen Ende des Stalls her.

Glen hatte gar nicht gemerkt, dass sein Bruder in der Nähe war. »Nein!«, brüllte er.

»Mit wem dann?«

»Mit niemandem!«, erwiderte Glen scharf. Da ihm durchaus klar war, dass er in letzter Zeit unausstehlich war, hielt er sich bewusst von seinem Bruder fern.

»Bist du immer noch deprimiert wegen Elaine?«, fragte Cal, der offenbar näher gekommen war.

Am liebsten hätte Glen ihm gesagt, dass er sich um seine eigenen Angelegenheiten kümmern sollte. Er hatte es satt, wegen dieser Frau so durcheinander zu sein. Er hatte es satt, sich den Kopf darüber zu zerbrechen, dass sie Richard tatsächlich heiraten könnte. Und er hatte es satt, so unglücklich zu sein.

»Wie bin ich da nur reingeraten?«, meinte er niedergeschlagen.

Cal blickte in die Box. »Frauen sind darauf spezialisiert, uns Männer fertigzumachen.«

»Elaine ist nicht Jennifer«, erinnerte ihn Glen. Genau das war das Problem bei seinem Bruder. Durch seine gescheiterte Beziehung war er vorbelastet und sah alles negativ.

»Ich weiß.«

Glen setzte Moonshines Fuß ab und richtete sich langsam auf. Dann rieb er sich das schmerzende Kreuz, bevor er die Boxentür öffnete.

Er beobachtete, wie Cal seinem Wallach einen Eimer Hafer brachte. Plötzlich war ihm alles zu viel. Er hielt es nicht mehr aus. Verdammt, er *liebte* Elaine, und wenn sie nicht zu ihm kam, würde er eben zu ihr fahren!

»Ich werde Elaine bitten, mich zu heiraten«, verkündete er.

Cal verharrte einen Moment regungslos. »Willst du das wirklich?«

»Und wie.«

»Dann … großartig.«

Glen blinzelte verwirrt, denn er hatte damit gerechnet, dass Cal versuchen würde, es ihm auszureden.

»Liebst du sie?«

»Natürlich liebe ich sie. Sonst würde ich sie wohl kaum fragen, ob sie ihr Leben mit mir verbringen will.«

Cal lachte und klopfte ihm auf die Schulter. »Dann muss ich dir wohl gratulieren.«

Glen fuhr sich über den Nacken. Ihm war noch nicht nach Feiern zumute.

»Wann willst du sie fragen?«

»Ich … ich weiß es noch nicht.«

Glen warf einen Blick auf seine Armbanduhr. Wenn er schnell duschte und gleich in die Stadt fuhr, würde er Elaine noch im Geschäft antreffen. Da er sie meistens dort gesehen hatte, erschien es ihm passend, ihr auch den Heiratsantrag dort zu machen.

»Ich glaube, ich frage sie heute Abend«, fuhr er fort. Er war im Begriff, aus dem Stall zu stürmen, als Cal ihn zurückhielt.

»Hast du schon einen Verlobungsring?«

»Brauche ich denn einen?«

»Es könnte nicht schaden.«

Glen verspürte plötzlich Panik. Offenbar hatte Cal es bemerkt, denn er bot ihm den Ring an, den er in der untersten Schublade seines Schreibtisches aufbewahrte.

»Ich habe immer noch den, den ich für Jennifer gekauft habe.«

»Aber der gehört dir.«

»Nimm ihn. Es ist ein schöner Diamant. Wenn Elaine Ja gesagt hat, könnt ihr zusammen einen neuen kaufen, wenn sie will.«

»Danke.« Wenn Glen sich richtig erinnerte, hatte Cal seine ganzen Ersparnisse für den Diamanten ausgegeben. Falls Elaine den Ring mochte, würde er ihn Cal abkaufen.

Die Dusche weckte seine Lebensgeister wieder, und er sang fröhlich vor sich hin. Als er anschließend ein frisches Hemd und saubere Jeans anzog, lächelte er immer noch.

Er war trunken vor Glück.

Erst als er sich kurz darauf der Stadt näherte und ihm bewusst wurde, was ihn erwartete, wurde er wieder ernst. Bisher hatte er keinen Gedanken daran verschwendet, wie er seinen Antrag formulieren würde.

Es war vermutlich das wichtigste Gespräch seines Lebens, und er hatte es nicht einmal geprobt. Sein Vater hatte mit seinem zukünftigen Schwiegervater gesprochen, doch selbst wenn Elaines Vater noch gelebt hätte, wäre das zu altmodisch gewesen.

Den Gedanken, vor ihr niederzuknien und ihr sein Herz auszuschütten, verwarf Glen sofort wieder, denn auch das machte man heutzutage nicht mehr. Genauso wenig sollte es zu flapsig klingen. Er konnte also nur hoffen, dass er im richtigen Moment eine Eingebung hatte.

Kurz vor Ladenschluss erreichte er das Geschäft. Elaine stand gerade an der Laderampe am hinteren Teil des Gebäudes und erteilte einem Lkw-Fahrer Anweisungen, als Glen den Motor abstellte. Sein Anblick überraschte sie so, dass sie fast das Gleichgewicht verloren hätte.

Das ist vielversprechend, dachte Glen. Offenbar hatte sie ihn vermisst. Er hatte sich schrecklich nach ihr gesehnt, und genau das wollte er ihr sagen. Er stieg aus und ging die Stufen hoch.

»Hallo, Glen«, begrüßte ihn George Tucker.

»Hallo, George.«

»Schön, dich zu sehen.« Leise fügte George hinzu: »Verdammt schön!«

»Freut mich zu hören.« Glen setzte sich auf einen der Gartenstühle, die vor dem Laden neben dem Getränkeautomaten standen, und wartete auf Elaine.

Nachdem sie die Papiere unterzeichnet hatte, blieb sie einen Moment stehen und blinzelte in die Sonne. Ihre Wangen waren gerötet, und das Haar klebte ihr im Nacken. Anscheinend hatte sie einen anstrengenden Tag hinter sich.

»Hast du einen Moment Zeit?«, fragte er, als sie schließlich zu ihm kam. »Ich würde gern mit dir reden – *allein*.«

»Allein?«, wiederholte sie und krauste die Stirn. »Möchtest du etwas Kühles zu trinken?«

»Ja, gern.« Es ist fast wie in alten Zeiten, sagte er sich.

Elaine nahm einige Münzen aus der Tasche und steckte sie in den Automaten, um zwei Dosen zu ziehen. Eine reichte sie ihm, die andere presste sie sich gegen die Stirn. Dann setzte sie sich neben ihn.

Glen öffnete die Dose und trank einen Schluck.

Im nächsten Moment erschien George. »Brauchst du mich noch?«

Elaine schüttelte den Kopf. »Du kannst gehen. Danke, George.«

»Dann bis morgen.« Auf dem Weg hinaus drehte er das »Geöffnet«-Schild um. Er schien es ziemlich eilig zu haben, doch vielleicht bildete Glen sich das auch nur ein.

»Heute ist Bowlingabend«, erklärte sie.

Seine Eltern waren genauso. Seine Mutter wusste auch oft, was sein Vater gerade dachte. Manchmal traf das auch auf enge Freunde zu. Mit Elaine würde ihn Liebe *und* Freundschaft verbinden, und das war die ideale Basis für eine Ehe.

Die Spätnachmittagssonne brannte, doch nun, da er mit Elaine im Schatten saß, erschien ihm die Hitze lange nicht mehr so drückend. Eine leichte Brise zerzauste ihm das Haar.

»Du wolltest mit mir reden«, begann Elaine.

»Ja.«

Sie blickte starr geradeaus. »Du bist eine Weile nicht hier gewesen.«

Zehn Tage, um genau zu sein. In der Zeit hatte sich Cal um alle Besorgungen in der Stadt gekümmert.

»Ich war beschäftigt«, sagte Glen, da er nicht eingestehen wollte, dass er auf eine Nachricht von ihr gewartet hatte.

»Ich auch.«

Er konnte sich lebhaft vorstellen, mit wem sie beschäftigt gewesen war, aber er hütete sich, es auszusprechen.

»Zuerst wollte ich mit dir über das Sommerfest reden«, sagte er steif.

»Ich glaube nicht, dass das nötig ist, denn …«

»Ich würde mich gern bei dir entschuldigen«, fiel er ihr ins Wort. Wenn sie nicht zugeben wollte, dass sie auch ihren Teil dazu beigetragen hatte, würde er wenigstens Manns genug sein, sie um Verzeihung zu bitten.

»Oh.«

»Ich wollte den Leuten keinen Anlass zum Klatsch geben.«

»Das weiß ich.« Ihre Stimme klang nun merklich sanfter.

»Wir sind schon eine ganze Weile befreundet.«

Elaine nickte. »Sehr gut sogar.«

Glen schob die Hand in die Tasche und ertastete dabei den Ring. Es machte ihm Mut, weiterzusprechen. Eines Tages wollte er seinen Kindern genauso bewegt wie sein Vater erzählen, wie er ihrer Mutter einen Heiratsantrag gemacht hatte.

»Da dein Dad nicht mehr da ist, fühle ich mich verpflichtet, dich zu beschützen.«

»Verpflichtet?«, wiederholte Elaine eisig.

»Na ja, nicht direkt. Ich betrachte es mehr als ... meine Aufgabe, dafür zu sorgen, dass dir nichts geschieht.« Er wusste, dass es gestelzt klang, konnte aber nicht anders.

»Was meinst du damit?«

»Vielleicht habe ich mich nicht richtig ausgedrückt. Ich möchte mich um dich kümmern.«

»Ich bin kein Kind, Glen.«

»Nein, nein, das wollte ich auch überhaupt nicht damit sagen.« Schweißperlen traten ihm auf die Stirn, und er schluckte mühsam.

Elaine betrachtete ihn fassungslos.

»Was ich sagen will, ist ... Oh verdammt!« Verzweifelt sprang er auf. »Hör zu, Elaine, ich kann das nicht. Ich habe dich blamiert und ...«

»Wovon, zum Teufel, redest du?«, fragte sie.

Glen ging auf der Veranda auf und ab. »Es war nicht leicht für mich, zu entscheiden, was ich tun soll.«

»Du sollst auch gar nichts tun.«

»Ich weiß, aber ich fühle mich verantwortlich.«

»Dann entbinde ich dich hiermit von jeglicher Verantwortung.« Sie machte eine Geste, als würde sie einen Zauberstab schwenken.

»So leicht ist es nicht«, sagte er leise.

»Was soll das alles, Glen?«

Glen bog den Kopf zurück und atmete tief aus. Es würde nicht gut gehen Er hätte erst mit Cal üben und ihn um Rat fragen sollen.

Elaine war ebenfalls aufgestanden.

Jetzt oder nie, sagte er sich und sah ihr in die Augen. »Ich finde, wir sollten heiraten.«

»Heiraten!« Sie sank auf den Stuhl und umklammerte die Lehnen. Dann ... begann sie zu lachen. Es war ein tiefes, kehliges Lachen.

Das war ein gehöriger Dämpfer für ihn.

»Ist das dein Ernst?«, meinte sie, sobald sie sich einigermaßen beruhigt hatte.

»Ich habe einen Ring.« Glen nahm den Ring aus der Tasche und hielt ihn zwischen Daumen und Zeigefinger.

Verblüfft sah sie ihn an.

Daraufhin beschloss er, ihr die Wahrheit über den Ring zu sagen. »Ich habe ihn von Cal geliehen. Es ist der Diamant, den Jennifer ihm zurückgegeben hat, als sie die Verlobung gelöst hat.«

Noch immer sah sie ihn an, als hätte sie kein Wort mitbekommen.

»Ich konnte dir schlecht einen Heiratsantrag ohne Ring machen«, fuhr er fort. »Wenn er dir nicht gefällt, kannst du dir später einen anderen aussuchen, obwohl Cal uns bestimmt einen guten Preis machen würde. Aber ich überlasse es dir.«

Elaine blinzelte, weil ihr Tränen in die Augen zu steigen drohten, und er entspannte sich.

»Warum jetzt?«, brachte sie hervor. »Warum hast du es heute getan?«

»Wir sind Freunde«, erwiderte er. »Das ist ein Grund. Ich bin noch nie so gern mit einer Frau zusammen gewesen wie mit dir. Du hast viele tolle Eigenschaften und …« Nun fiel ihm nichts mehr ein. »Es wird Zeit.«

»Zeit?«

»Zu heiraten. Ich habe in letzter Zeit oft mit dem Gedanken gespielt …«

»Wegen Richard?«

Glen räusperte sich. »Nicht nur.«

Elaine lächelte schwach. »Wenigstens gibst du zu, dass er etwas damit zu tun hat.«

»He, ich habe nicht auf der Veranda gesessen und einen Mann geküsst und am nächsten Tag mit dem anderen Brunch gemacht.« Er fragte sich, wie ihr zumute gewesen wäre, wenn er mit einer anderen Frau bei ihr aufgekreuzt wäre. Am liebsten hätte er es ihr gesagt, doch es hätte sich so angehört, als wäre er eifersüchtig. Verdammt, er *war* eifersüchtig!

»Du hast mir ja keine Gelegenheit gegeben, es dir zu erklären.«

»Was gab es da zu erklären?« Er interessierte sich überhaupt nicht für die Einzelheiten. Das alles gehörte ohnehin der Vergangenheit an. Jetzt zählte einzig und allein die Zukunft.

»Dass du mich bittest, dich zu heiraten, schmeichelt mir, Glen.«

»Was hältst du von dem Ring?« Er hielt den Ring hoch, damit sie ihn besser sehen konnte. Dabei wurde ihm klar, dass es ihm lieber war, wenn Elaine sich einen anderen aussuchte. Etwas, das einzigartig für sie war. Für sie beide.

Elaine umschloss seine Hand. »Gib Cal diesen Ring zurück.«

»Gut. Ich finde es auch besser, wenn wir zusammen einen aussuchen.«

Sie schüttelte den Kopf. »Es tut mir leid.«

»Das ist schon okay, ich sagte doch, dass es mir lieber wäre, wenn wir zusammen einen kaufen würden.«

»Das meine ich nicht«, erklärte sie ungeduldig. »Was ich sagen wollte, ist, es tut mir leid, aber ich kann dich nicht heiraten.«

Glen brauchte einen Moment, um die Bedeutung ihrer Worte zu erfassen. »Was?« Es zerriss ihm das Herz. Als er sich von dem Schock erholt hatte, fuhr er fort: »Würdest du mir bitte sagen, warum?« Er musste es wissen. »Ich … ich dachte, das mit uns beiden wäre etwas ganz Besonderes.«

»Das ist es auch. Wir sind Freunde. Das hast du selbst gesagt.«

Glen nickte.

»Ich möchte keinen Ehemann, der mich geheiratet hat, weil er sich dazu verpflichtet fühlt.«

»So habe ich es nicht gemeint.« Selbst für seine Ohren klang seine Stimme fremd.

»Falls ich je heirate, dann aus anderen Gründen.«

»Okay, das klingt fair.« Hatte er denn keine guten Gründe?

»Aus anderen Gründen als ›Es wird Zeit‹ oder ›Du hast viele tolle Eigenschaften‹. Aus anderen Gründen als ›Ich sollte jetzt heiraten und du kommst mir gerade recht‹.«

»Das habe ich nicht gesagt!«

»Aber gedacht.«

»Verdammt, Elaine, du legst mir diese Worte in den Mund!«

»Du bist mir nichts schuldig, Glen.«

Glen sah sie an. Er befürchtete, dass Elaine gleich in Tränen ausbrechen würde, doch sie wirkte beherrscht und selbstbewusst. Sie konnte ihm alle möglichen Gründe aufzählen, er wusste genau, was hier gespielt wurde.

»Es ist Richard, stimmt's? Du liebst ihn.«

»Genau!«, rief sie.

»Das habe ich mir gedacht.« Glen steckte den Ring wieder in die Tasche. Er würde Cal bitten, ihn irgendwo zu vergraben, denn offenbar war er verhext.

»Du bist zu spät gekommen, Glen.«

»Zu spät?« Er wusste nicht, was sie damit meinte, aber er wollte es auch gar nicht wissen.

Elaine ließ jedoch nicht locker. »Richard ist vorhin hier gewesen und hat mir einen Heiratsantrag gemacht. Tut mir leid, Glen, er ist dir zuvorgekommen.«.

9. Kapitel

Nie im Leben hätte er sich für einen Romantiker gehalten. Trotzdem war Cal froh darüber, dass er seinen kleinen Bruder dazu ermutigt hatte, Elaine einen Heiratsantrag zu machen, und ihm sogar den Ring gegeben hatte.

Da er es nicht für sich behalten konnte, beschloss er, es Grady zu erzählen, und griff zum Telefon.

Nach dem zweiten Klingeln nahm Grady ab.

»Hier ist Cal«, verkündete Cal.

»Stimmt etwas nicht?«, fragte Grady unverblümt.

Seit der ersten Klasse waren sie die dicksten Freunde, und kaum jemand kannte ihn so gut wie Grady. Im Laufe der Jahre hatten sie viel zusammen erlebt. Als Kinder hatten sie sich auf die Suche nach Bitter End gemacht. Später hatte Grady mit ihm über den Tod seiner Eltern, seine Probleme mit Richard und seine Vorbehalte gegen Laredo gesprochen. Und Cal hatte sich an Grady gewandt, als Jennifer die Hochzeit abgeblasen hatte. Grady hatte ihn nach Hause gefahren, als er sich daraufhin betrunken hatte, und ihn wieder zur Vernunft gebracht.

»Glen ist in die Stadt gefahren, um Elaine einen Heiratsantrag zu machen«, erklärte Cal ohne Umschweife.

»Du machst Witze!« Grady klang schockiert.

»Nein. Er benimmt sich schon seit fast zwei Wochen wie ein verwundetes Tier, und vorhin habe ich ihn in Selbstgespräche vertieft im Stall angetroffen. Hab versucht, mit ihm zu reden, aber er hätte mir fast den Kopf abgerissen. Da hatte ich endgültig die Nase voll. Ich war der Meinung, er sollte endlich klare Verhältnisse schaffen oder Elaine vergessen.«

»Und, hat Glen auf dich gehört?«

»Nein. Ich bin überhaupt nicht dazu gekommen, ihm einen Rat zu geben. Er hat von sich aus beschlossen, sie zu heiraten.«

»Das ist fantastisch!«, erwiderte Grady hörbar erleichtert. »Wenigstens heiratet sie dann nicht Richard.«

»Nicht, wenn Glen auch noch ein Wörtchen mitzureden hat.« Cal wusste, dass Grady seinem jüngeren Bruder nicht vertraute, und dazu hatte er auch allen Grund. »Wollen wir das feiern? Ich habe Bier im Kühlschrank.«

»Warum nicht?«

Als Cal wenige Minuten später auflegte, fühlte er sich so gut wie lange nicht mehr. Lächelnd nahm er sich ein Bier und ging nach draußen auf die Veranda, wo er sich gegen das Geländer lehnte. In den vergangenen Jahren hatte er so manchen Abend hier verbracht und auf das Land hinausgeblickt. In melancholischen Momenten hatte er sich ausgemalt, dass eine Frau neben ihm stand und aus dem Haus das Lachen von Kindern zu hören war.

Er hatte geahnt, dass Glen eines Tages heiraten würde, und sich immer gefragt, wie er wohl reagieren würde, schließlich würde er selbst wohl bis an sein Lebensende Junggeselle bleiben. Und erstaunlicherweise hatte es ihm Spaß gemacht, Glen ein wenig auf die Sprünge zu helfen. Er hatte lange vor ihm gemerkt, dass er in Elaine verliebt war.

Wenn Glen in die Stadt gefahren und ihr begegnet war, hatte er anschließend fast nur von ihr gesprochen. Elaine brachte ihn zum Lachen, forderte ihn heraus und machte ihm Mut. Sie weckte seine Leidenschaft. Und die ganze Zeit hatte er behauptet, es wäre »nur« Freundschaft.

Beinah hätte Cal laut gelacht. Es war Freundschaft und noch viel mehr.

Das Motorengeräusch eines Wagens riss ihn aus seinen Gedanken, und als er zur Auffahrt blickte, sah er Gradys Pick-up. Kurz darauf sprang Grady aus dem Wagen und schwenkte eine Flasche Whisky über dem Kopf. »Glen heiratet. Das muss gefeiert werden!«, rief er.

Cal prostete ihm mit seiner Bierflasche zu.

»Es sei denn, sie ist so dumm, ihn abzuweisen.«

»Elaine Frasier ist nicht dumm«, versicherte Grady.

»Er hat den Diamantring mitgenommen, den ich für Jennifer gekauft hatte«, meinte Cal, als er ins Haus ging, um Gläser und Eis zu holen.

»Glen will Elaine einen Heiratsantrag mit Jennifers Ring machen?«, fragte Grady zweifelnd, der ihm gefolgt war.

»Es ist nur eine Leihgabe. Bestimmt will Elaine sich später selbst einen Ring kaufen.« Cal tat Eiswürfel in zwei Gläser.

»Meinst du, das war klug?«

»Na ja … So ist er wenigstens nicht mit leeren Händen zu ihr gefahren.«

Sie kehrten auf die Veranda zurück, und Cal schenkte ihnen Whisky ein. Dabei merkte er, dass Grady noch immer besorgt wirkte. »Was schadet es schon?«

»Wahrscheinlich nichts.« Grady setzte sich neben ihn in einen der weißen Korbstühle, lehnte sich entspannt zurück und kreuzte die Beine. Dann seufzte er zufrieden und hob das Glas an die Lippen.

Cal trank auch einen Schluck. Die Tränen traten ihm in die Augen, als ihm der Whisky die Kehle hinunterrann.

»Ehrlich gesagt wird mir ganz warm ums Herz, wenn ich daran denke, dass Richard jetzt weg vom Fenster ist«, gestand Grady.

»Mir auch.« Cal mochte Richard nicht besonders. Er war zwar witzig, liebenswert und besaß echte Führungsqualitäten, aber trotzdem machte er nichts aus seinem Leben, was eigentlich schade war.

»Ich habe es Savannah erzählt, und sie freut sich sehr für Glen«, bemerkte Grady beiläufig. Dann blickte er Cal fragend an. »Es macht dir doch nichts aus?«

»Sie erzählt es nicht weiter, oder?« Allerdings würde es sich ohnehin schnell herumsprechen.

»Wohl kaum.«

Allerdings machte Cal sich diesbezüglich keine Sorgen, denn im Gegensatz zu Richard hätte Savannah nie einem anderen Menschen bewusst geschadet.

»Wer von uns ist wohl der Nächste?«, fragte er, obwohl er bereits einen Verdacht hatte. Ihm war nicht entgangen, dass Grady auf der Party kein Auge von Caroline Daniels abgewandt hatte. Und als sie ihn später aufgefordert hatte, wäre er vor Begeisterung fast über seine eigenen Füße gestolpert. Ja, Grady würde der Nächste sein.

Zuerst Glen, dann Grady. Bald würden all seine Freunde verheiratet sein, und er, Cal, würde allein auf der Ranch leben. Es war eine traurige Vorstellung, aber immer noch besser, als sich wieder mit einer Frau wie Jennifer Healy einzulassen.

Wieder kam ein Wagen die Auffahrt herauf.

»Glen?«, erkundigte sich Grady.

Cal stellte sein Glas ab. »So früh hatte ich ihn nicht zurückerwartet.«

»Hoffentlich ist es gut gegangen.«

»Ich wüsste nicht, was hätte schiefgehen können«, meinte Cal wenig überzeugend.

Im nächsten Moment wurde eine Wagentür zugeknallt.

»Das klingt nicht gut«, bemerkte Grady leise.

Cal sprang auf, als er seinen Bruder zum Stall gehen sah. »Ich will wissen, was passiert ist. Bin gleich wieder da.«

Er lief zum Stall und öffnete die Tür. Es dauerte eine Weile, bis seine Augen sich an das schummrige Licht gewöhnt hatten, und als er Glen schließlich sah, wuchs sein Unbehagen. Sein Bruder gabelte wie ein Besessener Heu.

»Offenbar ist es nicht gut gelaufen«, sagte er so lässig wie möglich.

»So könnte man es ausdrücken. Was macht Grady hier?«

»Wir ... wir plaudern nur miteinander.«

Schweigen.

»Hast du mit Elaine gesprochen?«

Glen verharrte mitten in der Bewegung. »Ja, habe ich.«

»Hat ihr der Ring gefallen?«

»Das hat sie nicht gesagt.«

»Verstehe.«

»Das bezweifle ich.« Glen stieß die Heugabel in den Boden. Er atmete schwer und war erhitzt.

»Möchtest du darüber reden oder es lieber mit dir selbst ausmachen?«

Glen dachte einen Moment nach. »Ich … ich weiß es nicht«, gestand er schließlich.

Cal blickte ihn erwartungsvoll an.

»Ich muss mich bei dir entschuldigen«, fuhr Glen fort.

»Wofür?«

Nun blickte Glen ihn an. »Als Jennifer dich hat sitzen lassen, war ich insgeheim froh darüber. Meiner Meinung nach war sie nicht die Richtige für dich. Allerdings war mir nicht klar, wie dir zumute gewesen sein muss.«

Cal fragte sich, was das mit Glen und Elaine zu tun hatte, doch er wollte seinen Bruder nicht unterbrechen.

»Es hat verdammt wehgetan, stimmt's?«

»Damals schon. Mittlerweile denke ich nicht mehr daran.«

Glen nahm den Ring aus der Tasche und betrachtete ihn eine Weile. »Ich frage mich, wie lange es dauern wird, bis ich Elaine vergessen kann«, sagte er mehr zu sich selbst. Als er ihm den Ring zurückgab, lag in seinen Augen unsäglicher Schmerz. »Elaine wird Richard Weston heiraten.«

***

Sie hatte nicht gesagt, sie hätte Richards Heiratsantrag *angenommen*, doch Glen war ganz selbstverständlich davon ausgegangen. Dass er glaubte, sie würde einen anderen lieben, obwohl ihre Liebe zu ihm offensichtlich war, verletzte sie.

Elaine betrat ihr Haus und sank deprimiert im Wohnzimmer auf die Couch. Sie hatte schon immer gewusst, dass Glen kein Romantiker war, hatte aber geglaubt, er könnte wenigstens einen Heiratsantrag machen, ohne dass es wie eine Beleidigung klang. Er fühlte sich dazu verpflichtet, sich um sie zu »kümmern«. Vielen Dank, sie konnte gut auf sich selbst aufpassen. Er hatte gesagt, es wäre »Zeit«, zu heiraten. Was hatte das mit ihr zu tun? Und dann hatte er auch noch von ihren »tollen Eigenschaften« gesprochen, als würde er ein Bewerbungsgespräch führen. Und, was wohl am schlimmsten war, er hatte zugegeben, dass er ihr den Antrag in erster Linie deswegen gemacht hatte, weil er Richard Weston übertrumpfen wollte.

Elaine verschränkte die Arme vor der Brust, lehnte den Kopf zurück und schloss die Augen. In Zeiten wie diesen vermisste sie ihren Vater am meisten, denn er war immer an ihrer Seite gewesen und hatte immer einen guten Rat für sie gehabt. Sie fürchtete, dass sie ihre Freundschaft mit Glen in ihrer Wut zerstört hatte und nichts wieder so sein würde wie früher.

Sie hatte von der Wette im *Billy D's* gehört und kannte die Witze über den Texas Two-Step. Die Vorstellung, dass zwei Männer um sie buhlten, war Elaine unerträglich. Außerdem ärgerte es sie, dass Glen ihr einen Verlobungsring gegeben hatte, den ursprünglich sein Bruder für Jennifer gekauft hatte. Offenbar hatte Glen in seiner Eile nicht einmal Zeit gehabt, selbst einen Ring zu besorgen.

Jetzt wusste sie nicht, was sie tun sollte. Sie liebte Glen und wünschte sich nichts sehnlicher, als seine Frau zu werden, doch sie musste das Gefühl haben, mehr als nur eine Trophäe zu sein.

Sie musste von Glen hören, dass er sie liebte und seine Gefühle für sie nichts mit Richard zu tun hatten. Er musste auf sein Herz hören.

Allerdings fürchtete sie, dass er nicht in der Lage sein würde, seine Enttäuschung zu überwinden und nach vorn zu blicken.

***

Glen saß am Frühstückstisch, nippte an seinem Kaffee und sah trübsinnig an die Küchenwand. Es war noch nicht einmal fünf, und er trank bereits seine dritte Tasse.

Cal kam laut gähnend die Treppe herunter. »Du bist ja früh auf«, meinte er, als er die Kaffeekanne in die Hand nahm.

Glen verschwieg ihm, dass er überhaupt nicht geschlafen hatte. Nachdem er kein Auge zugetan hatte, war er um halb vier wieder aufgestanden und wartete nun darauf, dass das Gefühl der Enge in seiner Brust verschwand.

»Ist alles in Ordnung?«, fragte Cal.

»Ja, mir geht es gut.«

Cal lehnte sich an den Küchentresen, den Becher mit beiden Händen umfasst, und betrachtete Glen.

»Ich sagte doch, dass es mir gut geht«, erklärte Glen ein wenig schroffer als beabsichtigt, denn er war nicht in der Stimmung, sich zu unterhalten.

Cals Miene verfinsterte sich. »Anscheinend ist keiner von uns beiden für die Ehe geschaffen.« Er stieß sich vom Tresen ab und verließ das Haus.

Glen spielte mit dem Gedanken, sich den Tag freizunehmen. Doch er wusste, dass er sich irgendwie beschäftigen musste, wenn er nicht durchdrehen wollte.

Nachdem er seinen Kaffee ausgetrunken hatte, folgte er Cal nach draußen.

Der Tag zog sich endlos in die Länge. Am Spätnachmittag wurde Glen klar, dass es ihm erst besser gehen würde, wenn er Richard Weston aufsuchte und ihm gratulierte. Anschließend würde er mit Elaine sprechen und ihr und Richard alles Gute wünschen. Schließlich liebte er sie und wollte, dass sie glücklich wurde.

Als er mit der Arbeit fertig war, sagte er Cal nicht, wohin er fuhr. Er machte sich auch nicht die Mühe, zu duschen oder sich zu rasieren.

Cal war gerade auf den Hof geritten, als Glen aufbrechen wollte.

»Hat Elaine etwas von der Drahtschere gesagt, die ich bestellt habe?«, erkundigte sich Cal.

Glen erstarrte, als er Elaines Namen hörte. Aber ich gewöhne mich besser daran, sagte er sich. Sie ist genauso ein Teil meines Alltags wie die Ranch.

»Wenn du willst, frage ich sie.«

»Ich wollte nicht … Ich habe ganz vergessen …«

»Mach dir deswegen keine Sorgen. Wir kaufen schon seit Jahren bei Frasier's ein, und dabei sollten wir es auch belassen.«

Wahrscheinlich machte sich Elaine Sorgen um Glen. Es wäre typisch für sie gewesen. Er wollte ihr nicht den Eindruck vermitteln, dass sie ihre Freundschaft mit ihrer Entscheidung zerstört hatte. Sie konnten weiterhin Freunde bleiben.

Als Glen kurz darauf auf der Yellow Rose Ranch eintraf, war Richard gerade dabei, Vorräte in Gradys Pickup zu laden. Er wirkte überrascht. Mit einem Karton Konserven auf der Schulter verharrte er mitten in der Bewegung und nahm eine defensive Haltung ein, als Glen auf ihn zuging.

»Ich wollte dir gratulieren.« Glen kam gleich zur Sache, weil er das Ganze so schnell wie möglich hinter sich bringen wollte.

»Gratulieren? Habe ich die Wette gewonnen und weiß nichts davon?«

»So könnte man es nennen.«

Richard beugte sich vor und stellte den Karton auf die offene Ladeklappe. »Was ist los, Patterson?«

»Es geht um dich und Elaine.«

Richard blickte ihn finster an. »Was ist mit uns?«

»Soweit ich weiß, hast du sie gebeten, dich zu heiraten.«

»Na und?«

»Und soweit ich weiß, hat sie deinen Antrag angenommen.«

Richard hatte begonnen, seine Arbeitshandschuhe auszuziehen. Unvermittelt sah er auf. »Elaine ist der Hammer, oder? Ich wusste gar nicht, dass sie es schon bekannt geben wollte.« Er versetzte Glen einen Knuff mit dem Ellbogen. »Aber das ist typisch Elaine.«

Glen rang sich ein Lächeln ab. »Ja, sie ist wirklich etwas Besonderes.«

Richard klopfte ihm auf den Rücken. »Man könnte sagen, der Bessere hat gewonnen.«

»Ja, das könnte man«, brachte Glen hervor.

»Sie hat wohl nicht zufällig einen Termin genannt, oder?« Richard lachte. »Offenbar erfährt der Bräutigam es immer als Letzter.«

»Keine Ahnung.«

»Wenn ich ein Wörtchen mitzureden habe, wird es bald sein.« Richard schwang sich auf die Ladeklappe und ließ die Beine herabbaumeln. »Wir werden im kleinen Kreis in Savannahs Rosengarten heiraten. Du bist natürlich auch eingeladen.«

»Danke.«

»Keine Ursache.« Richard begann zu pfeifen, und wenn Glen sich nicht täuschte, war es der »Hochzeitsmarsch«.

Er versuchte, sich dadurch nicht ablenken zu lassen. »Ich möchte euch beiden Glück wünschen«, erklärte er steif.

»Das ist nett von dir, Glen. Ich weiß es zu schätzen und Elaine sicher auch.« Richard streckte ihm die Hand entgegen. »Mir ist klar, dass es schwer für dich war, sie zu verlieren, aber du sollst wissen, dass ich sie glücklich machen werde. Wir beide würden dich gern zum Freund haben.«

Ich werde einfach nicht schlau aus Richard, dachte Glen. Im einen Moment führt er sich wie der letzte Idiot auf, im nächsten war er wieder ein guter Kerl. »Wenn du etwas brauchst, ruf mich an«, sagte er schließlich.

»Das werde ich.«

Glen wandte sich ab und stieg wieder in seinen Pick-up. Obwohl er Richard nicht mochte und ihm die Begegnung zuwider gewesen war, fühlte er sich jetzt besser.

Er hoffte, dass es mit Elaine genauso gut laufen würde.

Je weiter er sich der Stadt näherte, desto mehr krampfte sich sein Magen zusammen. Als er das Geschäft betrat, tippte sie gerade einige Einkäufe für Lyle Whitehouse ein. Glen bemerkte sie erst, als sie Lyle die Einkäufe aushändigte. Sie verharrte mitten in der Bewegung und blickte Glen an, als würde sie ihren Augen nicht trauen. Sobald sie sich wieder gefangen hatte, gab sie Lyle die Tüte.

Lyle drehte sich um und grinste, als er Glen sah. Bevor

er das Geschäft verließ, zwinkerte er ihm zu und zeigte ihm den erhobenen Daumen.

»Hallo, Glen«, sagte Elaine zögernd.

»Elaine.« Glen nickte. »Cal lässt fragen, ob die Drahtschere schon da ist, die er bestellt hat.«

»Sie kommt erst Montag«, erwiderte sie atemlos.

»Ich werde es ihm ausrichten.« Er fühlte sich genauso befangen wie bei ihrer letzten Begegnung und betrachtete sie einen Moment schweigend. »Ich muss dir einige Dinge sagen. Hast du einen Augenblick Zeit?«

»Ja.« Sie blieb hinter dem Tresen stehen.

Verdammt, war sie schön! Er riss sich zusammen und wandte den Blick ab. »Zuerst einmal möchte ich, dass du glücklich bist.«

»Ich bin glücklich«, erklärte sie etwas zu laut.

»Gut.«

Nun kam sie hinter dem Tresen hervor und fing an, Salzlecksteine umzustapeln.

Glen trat hinter sie. »Ich hatte gehofft, wir könnten Freunde bleiben.«

»Das hatte ich auch gehofft.«

Er hob die Hände, um sie ihr auf die Schultern zu legen, doch dann ließ er die Arme wieder sinken.

»Du bist mein bester Freund«, flüsterte Elaine und drehte sich zu ihm um. »Ich weiß nicht, was ich ohne dich getan hätte, als Dad so krank war … und auch danach.«

Glen war nicht sicher, ob sie einen Schritt auf ihn zu gemacht hatte oder er auf sie, aber plötzlich stand sie dicht vor ihm. Sie sahen sich nicht in die Augen, atmeten jedoch beide schneller.

»Ich habe dich gebraucht«, flüsterte Elaine, »und du warst für mich da.«

Obwohl er sich wieder ins Gedächtnis rief, dass sie mit Richard verlobt war, konnte er nur daran denken, dass er sie ein letztes Mal küssen wollte.

Er sehnte sich unbeschreiblich nach ihr. Es erschien ihm ganz natürlich, so dicht vor ihr zu stehen. Es erschien ihm noch natürlicher, sie in den Armen zu halten, doch er widerstand der Versuchung. Er durfte nicht mehr so für sie empfinden. Er durfte sie nicht mehr so ansehen.

Sein Herz klopfte schneller, als Elaine sich an ihn schmiegte und die Lippen auf seine presste. Zuerst war ihr Kuss zärtlich, beinah unschuldig, aber dabei blieb es leider nicht. Glen legte ihr die Arme um die Taille und zog sie noch näher an sich, obwohl er wusste, dass es falsch war. Wenn dies ihr letzter Kuss sein sollte, würde er dafür sorgen, dass sie ihn beide nicht vergaßen.

Mit dem Kuss zeigte er ihr sein Verlangen und seine Liebe deutlicher, als er es mit Worten je vermocht hatte. Elaine seufzte auf, und Glen umfasste ihr Gesicht mit beiden Händen. Schließlich löste er sich abrupt von ihr und zitterte, weil es ihn so viel Überwindung kostete.

Sie blickte ihn aus großen Augen an und presste die Hand auf den Mund.

»Wahrscheinlich erwartest du jetzt, dass ich mich bei dir entschuldige«, sagte er. »Wenn du darauf bestehst, tue ich es, aber es wäre eine Lüge. Es ist erst das dritte Mal, dass wir uns geküsst haben, und gleichzeitig das letzte Mal. Das muss es sein.« Er strich ihr übers Haar und flüsterte: »Werde glücklich, Elaine.«

Elaine stand immer noch regungslos da und sah ihn starr an.

»Richard hat dich nicht verdient«, fuhr er gequält fort, »aber ich auch nicht.« Nachdem er noch einmal ihre Wange berührt hatte, wandte er sich ab und verließ das Geschäft.

***

Fünf Minuten nachdem Glen gegangen war, stand Elaine immer noch regungslos da, die Hand an den Lippen.

Sie hatte nicht verstanden, was er meinte, doch in letzter Zeit hatten sie ohnehin nicht miteinander kommunizieren können. Nur wenn sie sich küssten ... Jahrelang waren sie die besten Freunde gewesen, und dann hatte sich von einem Tag auf den anderen alles verändert.

Erst hatte Glen seinen Heiratsantrag vermasselt, und nun war er zurückgekommen und hatte sie geküsst, ihr die schönsten Dinge gesagt, die sie je gehört hatte. Er hatte zwar nicht gesagt, dass er sie liebte, doch sein Kuss war sehr aufschlussreich gewesen.

Plötzlich betrat Richard das Geschäft.

»Hallo, Schatz.« Lächelnd umarmte er sie und küsste sie auf die Wange.

Wütend rieb Elaine sich über die Stelle, die seine Lippen berührt hatten. »Lass mich los«, befahl sie, und als er nicht sofort gehorchte, versetzte sie ihm einen Stoß in die Rippen.

»Autsch!« Er hielt sie auf Armeslänge von sich. »Warum hast du es mir nicht selbst gesagt?«

»Was?«

»Dass du dich entschieden hast, meinen Heiratsantrag anzunehmen.« Nun schien ihm zu dämmern, dass irgendetwas nicht stimmte.

»Wer hat dir das erzählt?«, fragte sie, obwohl sie sich die Antwort bereits denken konnte.

»Glen Patterson«, meinte er leise. »Es ist alles nur ein Scherz, stimmt's?« Verächtlich verzog er die Lippen.

Ich werde Glen umbringen, schwor sich Elaine. »Kein Scherz«, erwiderte sie bedauernd, »sondern ein Missverständnis.«

»Na toll«, fuhr er sie aufgebracht an. »Ich habe mir nämlich gerade einen Anzug für die Hochzeit gekauft.«

»Oh, Richard! Glen hat nicht begriffen ...«

»Verdammt, was soll ich jetzt mit dem Anzug machen?« Offenbar erwartete er, sie müsste ihn nun deswegen heiraten.

»Kannst du ihn nicht zurückgeben?«

»Ich glaube nicht«, erwiderte er mühsam beherrscht.

»Es tut mir leid, Richard.«

Richard sah aus, als wäre er am liebsten handgreiflich

geworden. »Es hätte sowieso nicht funktioniert«, erklärte er schließlich. »Du bist viel zu verklemmt. Im Bett wärst du wie ein Eisklotz gewesen.«

Nun hatte sie genug gehört. »Spar dir deine Beleidigungen und geh!«

»Na gut. Patterson hat es sicher genossen, mich auf den Arm zu nehmen. Das werde ich nicht vergessen.« Wütend stürmte er aus dem Laden.

Während Glens Verhalten sie verwirrt hatte, so brachte Richards Verhalten sie regelrecht auf die Palme. Seine Drohung war ihr natürlich nicht entgangen, doch von Richard Weston hatte Glen nichts zu befürchten. Er sollte sich lieber Gedanken darüber machen, was *sie* ihm antun würde.

George, der gerade etwas erledigte, kehrte eine Viertelstunde später zurück. Als er das Geschäft betrat, nahm Elaine ihre Wagenschlüssel. »Ich muss weg«, sagte sie. »Kannst du bitte für mich abschließen?«

»Ich ... ich glaube schon.«

Normalerweise verließ sie das Geschäft nicht vor fünf, doch heute ging es nicht anders. Für die Fahrt, die normalerweise eine Dreiviertelstunde dauerte, brauchte sie diesmal nur eine halbe. Doch ihre Wut war noch lange nicht verraucht.

Als Elaine auf der Ranch eintraf, kamen Glen und Cal auf die Veranda. Aufgebracht funkelte sie Glen an.

»Stimmt etwas nicht, Elaine?«, fragte er, als er die Verandastufen hinunterging.

»Hast du tatsächlich geglaubt, ich würde Richard Weston heiraten?«, rief sie, die Hände in die Hüften gestemmt.

Er blieb in einigen Metern Entfernung stehen. »Das hast du selbst gesagt.«

»Ich habe gesagt, Richard hätte mir einen Heiratsantrag gemacht«, erklärte sie mühsam beherrscht. »Aber ich habe niemals behauptet, ich hätte seinen Antrag angenommen.«

Glen wirkte verblüfft. »Das hast du nicht?«

»Bestimmt nicht. Und wenn du Augen im Kopf hättest, dann hättest du längst gemerkt, dass *du* derjenige bist, den ich liebe.«

»Du liebst mich?«

»Tu nicht so, als wüsstest du das nicht, Glen Patterson. Ich habe dich schon immer geliebt.« Im Moment war sie darüber allerdings nicht besonders glücklich.

»Dann heiratest du also mich?« Er sah aus, als wollte er sie in die Arme ziehen, doch sie hielt ihn zurück.

»Nenn mir einen guten Grund, warum ich einen Mann heiraten sollte, der nur Stroh im Kopf hat.«

»Sie liebt dich!«, ließ Cal sich von der Veranda her vernehmen.

»Halt du dich da raus.« Vorwurfsvoll zeigte Elaine mit dem Finger auf ihn. »Du hast ihn dazu ermutigt, oder?«

»Ja.« Cal war sichtlich stolz auf sich.

»Wenn du Cal das nächste Mal um Rat fragst, hör nicht auf ihn.« Sie öffnete die Wagentür und stieg wieder ein.

»Elaine!« Glen lief auf sie zu, blieb jedoch stehen, als sie den Motor anließ. Das war klug von ihm, denn in ihrem derzeitigen Gemütszustand hätte sie ihn sonst womöglich über den Haufen gefahren.

Als der Staub sich gelegt hatte, blickte Elaine in den Rückspiegel und stöhnte. Cal und Glen Patterson machten Luftsprünge und umarmten sich stürmisch.

10. Kapitel

Noch nie war Glen so glücklich gewesen. Elaine liebte ihn. *Ihn.* Nicht Richard Westen. Und sie würde ihn heiraten!

»Ich hab's gewusst«, verkündete Cal fröhlich.

»Hast du schon einmal so eine Frau gesehen?«, fragte Glen, während er Elaine hinterherblickte. Nicht jede Frau hätte den Mut gehabt, ihn aufzusuchen und zur Rede zu stellen.

Cal lachte. »Zumindest habe ich noch keine Frau gesehen, die so wütend war.« Er sah ihn an. »Wie willst du sie eigentlich dazu bringen, dich zu heiraten?«

Darüber hatte Glen sich noch keine Gedanken gemacht. Natürlich würde Elaine ihn heiraten. Sicher, momentan war sie wütend auf ihn, aber irgendwann würde sie sich beruhigen, und dann würden sie sich zusammensetzen und gemeinsam Zukunftspläne schmieden. »Hast du eine Idee?«

»Ich?« Unerbittlich schüttelte Cal den Kopf. »Hast du denn nicht zugehört? Elaine war nicht gerade begeistert über die Ratschläge, die ich dir gegeben habe. Allerdings weiß ich nicht, was ich falsch gemacht habe. Du?«

»Nein. Also, wen soll ich dann um Rat fragen?«

Cal dachte einen Moment nach. »Mom?«

»Auf keinen Fall«, entgegnete Glen. Er liebte seine Mutter, doch wie alle Mütter würde sie sich garantiert einmischen und vorschlagen, für ihn mit Elaine zu reden. Er wollte das Problem selbst lösen.

Cal zuckte die Schultern. »Dann Lydia.«

»Lydia«, wiederholte Glen langsam. Ja – sie würde ihm sicher helfen können.

***

Nach der schlaflosen Nacht und dem aufreibenden Tag war Glen so erschöpft, dass er beim Abendessen fast eingenickt wäre. Sobald er alles erledigt hatte, duschte er daher und ging ins Bett. Am nächsten Tag würde er sich überlegen, was er zu Elaine sagen sollte. Als er einschlief, war er so glücklich wie seit Wochen nicht mehr.

Am nächsten Nachmittag betrat Glen Lydias Antiquitätengeschäft. Während er sich umblickte, nahm er seinen Stetson ab. Kein Wunder, dass die Frauen in Promise so gern hierherkamen. Die Regale waren voller schöner Dinge, und es duftete so ähnlich wie in Savannahs Rosengarten. Und wenn er sich nicht täuschte, roch es auch nach ihrem Fruchtlikör.

»Hallo, Glen«, begrüßte Lydia ihn fröhlich wie immer. »Was kann ich an diesem schönen Tag für dich tun?«

Er wusste nicht, wie er anfangen sollte, und schwieg.

Erwartungsvoll sah sie ihn an. »Ich habe auf dich gesetzt, junger Mann.«

»Wie bitte?«

»Glaubst du, nur die Männer hätten an der Wette teilgenommen?«

»Ach, das.« Die alberne Wette hatte er ganz vergessen. Ein wenig verkrampft stand er an der Tür, aus Angst, er könnte irgendetwas umstoßen.

»Komm rein«, forderte Lydia ihn auf. »Du wirst schon nichts kaputtmachen.«

Glen machte einige Schritte auf sie zu, dann blickte er sich um und sah sie wieder an.

»Gibt es ein Problem?«, erkundigte sie sich besorgt.

Er hatte Lydia schon immer gerngehabt. Sie war mit seiner Mutter befreundet und hatte seinen Eltern damals vorgeschlagen, die Pension zu eröffnen. Sie hatte ihnen auch bei der Renovierung geholfen.

»Ich brauche einen Rat«, erklärte er schließlich.

»Den gibt's umsonst, aber der Tee kostet einen Dollar.«

»Tee?«

»Ich finde, wir sollten uns setzen.« Lächelnd deutete Lydia auf die Tische im Nebenraum.

»Na gut.«

»Ich nehme an, dass es mit Elaine zu tun hat.« Sie führte ihn zu einem kleinen Tisch, auf dem eine hübsche Blumendecke lag.

»Dann weißt du also Bescheid.«

»Ich weiß, dass Richard und du euch auf der Party bis auf die Knochen blamiert habt.«

»Seitdem ist alles noch schlimmer.«

Lydia stellte eine blau-weiße Porzellankanne und zwei Tassen auf den Tisch. »Das hatte ich befürchtet.«

»Cal hat vorgeschlagen, ich solle mit dir über Elaine reden. Ich möchte sie heiraten und habe ihr einen Antrag gemacht, aber es ist schiefgelaufen. Kannst du mir helfen?«

»Ich kann es zumindest versuchen.« Sie schenkte ihnen ein. »Milch? Zucker? Zitrone?«

Glen schüttelte den Kopf. Normalerweise trank er Tee mit Zucker, aber er wollte den winzigen Silberlöffel nicht anfassen, weil er sich ohnehin wie ein Elefant im Porzellanladen fühlte.

»Kannst du mir sagen, wie ich Elaine dazu bringen kann, mich zu heiraten?«

Lydia krauste die Stirn. »Vielleicht solltest du mir erst erzählen, was du zu ihr gesagt hast.«

»Als ich mich für mein Verhalten auf dem Sommerfest entschuldigt habe, ist sie sofort in die Defensive gegangen.« Sie nickte, und er fuhr fort: »Ich habe ihr gesagt, dass ich sie bewundere und sie heiraten möchte. Dann habe ich den Diamantring aus der Tasche genommen, den ich mir von Cal geliehen hatte.«

»Du hast dir einen Verlobungsring *geliehen*?«

»Nur um nicht mit leeren Händen zu ihr zu fahren. Ich wollte ihr zeigen, dass ich es ernst meine.«

Wieder krauste Lydia die Stirn.

»War das so schrecklich?«, fragte er. »Ich will ihr doch nur zeigen, dass ich sie liebe.«

»Vielleicht solltest du ihr das beim nächsten Mal gleich sagen.«

»Elaine weiß, was ich für sie empfinde.« Ihretwegen hatte er sich zum Gespött der Leute gemacht. Als sie seinen Heiratsantrag abgelehnt hatte, war er über seinen Schatten gesprungen und hatte ihr Glück gewünscht. »Sie *muss* es wissen«, fügte er hinzu.

»Vielleicht möchte sie es aber gern hören, Glen.«

So einfach war das? Natürlich liebte er Elaine, und wenn er es ihr nur zu sagen brauchte … Glen nahm seinen Stetson und sprang auf. »Toll. Ich werde es ihr gleich sagen.«

Lydia hielt ihn am Ärmel fest. »Ich bin noch nicht fertig.«

»Oh.« Er setzte sich wieder.

»Hast du vor, ihr noch mehr zu sagen?«

Da er nicht wusste, worauf sie hinauswollte, dachte er einen Moment nach. »Nur dass ich nächsten Dienstag nicht heiraten kann, weil der Hufschmied kommt.«

»Ach du meine Güte!« Für einige Sekunden schloss sie die Augen.

»Ist das nicht gut so?«

»Na ja … Nein.«

»Donnerstag ist auch schlecht, weil ich donnerstags immer im *Billy D's* Poker spiele. Aber wenn Elaine unbedingt an dem Tag heiraten will, verzichte ich eben mal darauf.«

»Ist dir der Gedanke gekommen, dass sie vielleicht kirchlich heiraten will?«

Allein bei der Vorstellung daran lief es ihm eiskalt über den Rücken. Er hatte eigentlich vorgehabt, nach Las Vegas zu fliegen und noch an diesem Abend zu heiraten. Man muss das Eisen schmieden, solange es heiß ist, wie der Hufschmied zu sagen pflegte.

»Außerdem solltest du nichts überstürzen«, gab Lydia leise zu bedenken. »Zuerst musst du Elaine dazu bringen, Ja zu sagen.«

»Stimmt.« Wenn er ehrlich war, musste er zugeben, dass er mehr an die Flitterwochen als an die Trauung selbst gedacht hatte. Er war verliebt, und er wollte mit Elaine schlafen, verdammt! »Warum ist das alles so kompliziert? Ich liebe sie, und sie hat zugegeben, dass sie mich auch liebt.«

Seufzend trank Glen einen Schluck Tee. »Als sie die Sachen ihres Vaters durchgegangen ist, hat sie diese alte Familienbibel gefunden. Sie hat sie mir gezeigt und die Seite aufgeschlagen, auf der die Namen und Daten ihrer Vorfahren vermerkt sind. Hochzeiten, Todesfälle, Geburten … Du weißt schon. Ich denke schon den ganzen Tag daran, dass unsere Namen auch bald darin stehen werden und, so Gott will, die Namen unserer Kinder. Meine Liebe zu Elaine wird nie vergehen. Vielleicht werden unsere Ururenkel in hundert Jahren die Bibel finden und sich fragen, wie wir gelebt haben. Sie sollen wissen, dass unsere Liebe uns überlebt hat.«

»Oh Glen, das ist wunderschön«, sagte Lydia leise und drückte seine Hand.

»Ja?«

»Sag das auch Elaine.«

»Dass wir unsere Namen in ihre Familienbibel schreiben sollen?«

»Genau. Sag ihr, was du für sie empfindest, und kein Wort über den Hufschmied, ja?«

»Na gut.« Jetzt war ihm wesentlich leichter ums Herz.

***

Grady lehnte sich auf der gepolsterten Plastikbank in der Bowlingbahn zurück. Lloyd Bonney hatte ihn gebeten, zwei Wochen lang für ihn zu spielen, während er in Urlaub war. Und da Lloyd ein netter Kerl war, hatte Grady ihn nicht enttäuschen wollen. Es war eine Ewigkeit her, dass er das letzte Mal gebowlt hatte, und er genoss es, nach sechs Jahren mal wieder einigen Freizeitaktivitäten nachgehen zu können. Früher hatte er gern gebowlt und war auch ziemlich gut gewesen.

Obwohl er ein wenig eingerostet war, hielt er sich an diesem Abend ganz gut. Es war schön, mit Freunden zusammen zu sein und wieder zu lachen. In Zukunft würde er es öfter tun.

Als er nach dem Bowlen ins *Billy D's* gehen wollte, folgte Max Jordan ihm nach draußen.

»Hast du einen Moment Zeit, Grady?«

»Klar.«

Max wandte den Blick ab. »Ich weiß, der Zeitpunkt ist ungünstig, aber ich muss mit dir über Richard reden.«

»Ja?«

»Er hat bei mir einige Sachen gekauft, die er noch immer nicht bezahlt hat, und ... Na ja, es ist schon fast drei Monate her.«

Grady verstärkte den Griff um seine Bowlingtasche. »Wie viel schuldet er dir?«

Als Max den Betrag nannte, krampfte Gradys Magen sich zusammen.

»Anfang dieser Woche hat er einen neuen Anzug auf die Rechnung setzen lassen«, fuhr Max fort. »Er war teuer, und ...«

»Du hast ihm einen Anzug auf die Rechnung gesetzt, obwohl er die anderen Sachen noch nicht bezahlt hat?« Grady war wütend auf Richard, aber auch auf Max.

»Ich weiß, es war dumm von mir. Richard ist vorbeigekommen und hat mir erzählt, dass er heiratet. Ich habe mich für Elaine und ihn gefreut. Erst später habe ich erfahren, dass es nicht stimmt.«

»Das konntest du nicht wissen.« Grady gab vor allem sich die Schuld. Er kannte seinen Bruder, und trotzdem ließ er sich von ihm ausnutzen. Doch jetzt würde er diesen Mistkerl endlich hinauswerfen.

»Ich bin bereit, den Anzug zurückzunehmen«, sagte Max.

»Und ich werde dafür sorgen, dass er ihn zurückbringt. Ich kann dir gar nicht sagen, wie unangenehm mir das alles ist.«

»Und was ist mit dem anderen Geld, das er mir schuldet? Er hat dein Kundenkonto damit belastet, aber bisher habe ich die Rechnungen an ihn geschickt.«

»Ich werde dafür sorgen, dass er sich sofort darum kümmert«, versprach Grady. Warum bloß hatte er nicht eher gemerkt, was Richard trieb? Schließlich hätte er sich denken können, woher die ganzen neuen Sachen kamen.

Da ihm der Abend nun gründlich verdorben war, ging Grady nicht ins *Billy D's*, sondern fuhr zur Ranch zurück, um Richard zur Rede zu stellen.

Als er gegen Mitternacht dort eintraf, brannte kein Licht im Haus. Er stürmte die Treppe hoch und betrat Richards Zimmer, ohne anzuklopfen. Eigentlich hätte es ihn nicht überraschen dürfen, das Bett leer vorzufinden, aber das tat es doch.

Er lag die halbe Nacht wach und wartete auf Richards Rückkehr.

Als Grady am nächsten Morgen in Richards Zimmer blickte, war das Bett immer noch leer.

»Hast du Richard gesehen?«, fragte er seine Schwester, als er die Küche betrat.

Savannah schüttelte den Kopf. »Wahrscheinlich schläft er noch.«

»Er ist heute Nacht nicht hier gewesen.« Grady nahm sich einen Pfannkuchen von dem Teller, der in der Mitte des Tisches stand. »Wenn du ihn siehst, sag ihm bitte, ich muss mit ihm reden, ja?«

»Gibt es Probleme?«

Da er Savannah da nicht mit hineinziehen wollte, erkundigte er sich: »Ist Laredo schon weg?«

Doch sie ignorierte die Frage. »Was hat Richard angestellt?«

Seufzend stellte er den Ahornsirup auf den Tisch. »Max Jordan hat sich gestern Abend an mich gewandt. Offenbar hat unser lieber kleiner Bruder Sachen bei ihm gekauft und es nicht für nötig gehalten zu bezahlen. Ich frage mich, ob er auch woanders hat anschreiben lassen.« Grady nahm sich noch einen Pfannkuchen und griff wieder zum Sirup.

»Ja, das hat er«, gestand sie leise.

»Und du wusstest davon?«

»Ich …« Sie biss sich auf die Lippe. »Ich habe es erst vor Kurzem erfahren, und zwar von Millie Greenville. Sie hat vorgeschlagen, dass wir Richards Schulden in Naturalien begleichen, zum Beispiel mit meinen Rosen.«

Er knallte das Glas auf den Tisch. »Du hast dich doch nicht darauf eingelassen, oder?«

»Nein.«

»Gut.«

»Aber ...«

»Ich möchte nichts davon hören, Savannah. Richard ist derjenige, der Schulden gemacht hat, nicht du oder ich. Er wird das Geld zurückzahlen, und wenn es das Letzte ist, was er tut.«

»Ich habe mit Laredo gesprochen. Er ist auch dieser Meinung.«

Wütend zerteilte Grady seinen Pfannkuchen. Dann versuchte er, sich zu entspannen, weil ihm klar war, dass er mit seiner Wut mehr sich als Richard schadete.

Als Grady kurz darauf das Haus verließ, hatte Laredo bereits die Pferde gesattelt und wartete auf ihn. Savannah ging auch nach draußen, und er beugte sich hinunter und küsste sie.

»Wenn Richard auftaucht, sag ihm ...« Grady verstummte und schüttelte schließlich den Kopf. »Sag ihm nichts. Ich werde mit ihm reden.«

Sie nickte. »In letzter Zeit macht er sich ziemlich rar.«

»Wir wissen, warum, oder?«

Wieder wirkte sie traurig. Unvermittelt wandte sie sich ab und eilte ins Haus zurück.

Den ganzen Tag musste Grady an seinen Bruder denken. Als er nach Hause kam, bereit, ihm die Leviten zu lesen, stellte er überrascht fest, dass Richard ihn bereits erwartete.

»Ich habe gehört, dass du mit mir reden willst«, erklärte er.

Grady musste sich zusammenreißen, um nicht die Beherrschung zu verlieren. »Da hast du verdammt recht.«

»Es geht um die Sachen, die ich gekauft habe, stimmt's?«

»Ja. Ich kann einfach nicht fassen, dass du unseren guten Namen missbraucht hast, um …«

»Hör zu, Grady, ich verstehe ja, dass du wütend bist, aber auf eine Moralpredigt kann ich verzichten.«

»Das ist wirklich schade, denn …«

»Bevor du an die Decke gehst, möchte ich dir etwas sagen. Ich bin ganz krank vor Sorge wegen dieser offenen Rechnungen. Frag Savannah, wenn du mir nicht glaubst. Wie du weißt, erwarte ich einen Scheck, der längst hätte eintreffen müssen.« Richard runzelte nachdenklich die Stirn. »Vermutlich war der Brief falsch adressiert. Ich habe wochenlang versucht, herauszufinden, wo er gelandet ist.«

Grady wollte ihm gerade klarmachen, dass er nicht noch einmal auf seine Lügen hereinfiel, als Richard fortfuhr:

»Ich wollte meine Schulden längst bezahlt haben. Ich habe schon seit Wochen nichts mehr gekauft.«

»Und was ist mit dem Anzug?«, fragte Grady aufgebracht.

Richard verzog gequält das Gesicht. »Das war ein … Irrtum. Ich dachte, Elaine würde mich heiraten.« Er atmete scharf ein. »Jedenfalls habe ich den Anzug spontan gekauft, um etwas Ordentliches für die Hochzeit zu haben.«

»Max ist bereit, ihn zurückzunehmen.«

Richard lächelte schwach. »Zufällig war der Brief mit dem Scheck dabei, als ich heute morgen die Post abgeholt habe. Ich habe die Rechnungen gleich als Erstes bezahlt.« Er schob die Hände in die Taschen seiner Jeans. »Ich hätte früher mit dir darüber sprechen sollen.«

»Ja, das hättest du.« Grady war sehr erleichtert. Das Problem war gelöst und der gute Ruf der Familie wiederhergestellt. Und keiner der Geschäftsleute hatte finanzielle Einbußen gehabt.

»Es tut mir leid, dass du es so erfahren musstest«, erklärte Richard.

Trotz allem war Grady nicht bereit, weitere Zugeständnisse zu machen, denn Richard hatte seine Gastfreundschaft missbraucht. »Nun, da das Geld da ist, wirst du mir alle Kosten erstatten und dann die Ranch verlassen, ja?«

»Ja. Ich bin dir wirklich dankbar dafür, dass ich so lange hierbleiben durfte. Und ich hoffe, dass wir unsere Probleme endlich hinter uns lassen können.« Richard streckte ihm die Hand entgegen.

Grady ergriff sie und schüttelte sie, froh darüber, dass sein Bruder sich ihm gestellt hatte.

Vielleicht war Richard ja doch kein hoffnungsloser Fall.

***

Elaine war den ganzen Tag nervös gewesen. Da das erste Juliwochenende mit dem Nationalfeiertag bevorstand, war im Geschäft so wenig los wie schon seit Wochen nicht mehr. Sie ertappte sich dabei, dass sie auf eine Nachricht oder einen Besuch von Glen wartete, und war deswegen wütend auf sich selbst.

Mit den Männern bin ich fertig, sagte sie sich, doch im selben Moment war ihr bewusst, dass sie sich etwas vormachte.

Nach Ladenschluss fuhr sie nach Hause. Da es sehr heiß war, machte sie sich erst einmal einen Eistee. Dann zog sie die Bluse aus dem Hosenbund, setzte sich im Wohnzimmer aufs Sofa und legte die bloßen Füße auf den Couchtisch. Der Ventilator und der Eistee verschafften ihr etwas Kühlung, genügten aber nicht, um ihre Lebensgeister zu wecken.

Da der Ventilator summte, hörte sie die Türglocke nicht sofort. Als das Klingeln an ihr Ohr drang, sprang sie auf und lief zur Tür, riss sie auf und blickte in den größten Blumenstrauß, den sie je gesehen hatte. Den Mann dahinter erkannte sie an seinen Stiefeln.

Glen.

Er wartete einen Moment, dann sah er hinter dem Strauß hervor und schenkte ihr ein strahlendes Lächeln.

»Hallo, meine Liebste.« Er lächelte noch breiter. »Willst du mich nicht reinlassen?«

Schweigend entriegelte sie die Fliegentür und ließ ihn herein.

Glen ging ins Wohnzimmer und stellte die Blumen in die Vase auf dem Couchtisch. Sie verströmten einen betörenden Duft. Dann küsste er Elaine auf die Wange. »Ich bin gleich wieder da.«

Kurz darauf kehrte er mit einem Korb exotischer Früchte, Pralinen und einer Flasche Champagner zurück, die er ebenfalls auf den Tisch stellte, zusammen mit drei in Geschenkpapier eingewickelten Päckchen.

Elaine betrachtete die Sachen und blickte schließlich ihn an. »Was ist das?«

»Damit will ich dich bestechen.«

»Warum?«

»Das erkläre ich dir gleich.« Er umfasste ihre Schultern und führte sie zum Sofa. »Setz dich.«

Gehorsam nahm sie Platz.

»Hier.« Er reichte ihr das kleinste Päckchen. »Pack das zuerst aus.«

»Ich glaube nicht, dass Sie meine Liebe kaufen können, Mr. Patterson.«

»Das brauche ich auch nicht, Ms. Frasier. Sie haben bereits zugegeben, dass Sie mich lieben.«

Zuerst wollte sie widersprechen, doch es stimmte. Sie liebte ihn.

In dem Päckchen befand sich ein hübscher Füller. Fragend sah sie zu Glen auf.

»Gefällt er dir?«, erkundigte er sich.

»Er ist sehr schön«, erwiderte sie, verwirrt und aufgeregt zugleich.

»Und jetzt das hier.« Er kniete sich neben das Sofa, als sie das nächste Päckchen auswickelte. Es hatte die Größe eines Schuhkartons.

»Willst du mir nicht sagen, was das alles soll?« Verblüfft betrachtete sie den Inhalt des Kartons.

Als Erstes nahm sie eine Autogrammkarte eines bekannten Baseballspielers heraus, dann einen Schnürsenkel, Badesalz mit Rosenduft aus Lydias Antiquitätengeschäft und schließlich einen Schlüssel. Die Dinge schienen in keiner Beziehung zueinander zu stehen.

»Gibt es einen bestimmten Grund dafür, dass du mir den Schnürsenkel schenkst?«

Glen lächelte jungenhaft. »Er ist blau.«

»Und der Schlüssel?« Elaine hielt den Schlüssel hoch.

»Der gehört zu Bob Littles Ferienhaus am Meer.«

»Was willst du damit?«

»Ich habe ihn mir geborgt«, erwiderte er, als würde er die Frage damit beantworten.

»Verstehe.« Doch sie verstand überhaupt nichts. Sie nahm wieder den Füller in die Hand. »Und was ist damit?«

Glen sah ihr in die Augen. »Ich hatte gehofft, wir könnten damit unsere Namen in deine alte Familienbibel schreiben. Vielleicht sollte Wade es nach der Trauzeremonie für uns machen, aber …« Er verstummte abrupt und setzte sich auf die Fersen zurück. »Ich mache wieder alles falsch, stimmt's?« Bevor sie etwas erwidern konnte, fuhr er fort: »Ich habe mit Lydia gesprochen, und sie hat mir gesagt, wie ich es anstellen soll, aber jetzt fällt mir kaum noch etwas ein.«

»Du hast mit Lydia gesprochen?«

Glen ging nicht auf ihre Frage ein. »Ich weiß wirklich nicht, was ich beim ersten Mal falsch gemacht habe, Elaine, aber es tut mir aufrichtig leid. Ich liebe dich. Das ist mein Ernst.«

»Ich weiß.« Elaine traten die Tränen in die Augen. Auf diesen Moment hatte sie lange gewartet.

»Tatsächlich?« Er klang sehr erleichtert. »Lydia meinte, ich sollte es dir sagen, aber ich war sicher, dass du es schon weißt. Und denk ja nicht, dass mein Heiratsantrag etwas mit dieser Wette zu tun hat.«

»Die hatte ich ganz vergessen.«

»Ich auch, bis Lydia mich daran erinnert hat. Ich liebe dich, Elaine.« Er ergriff ihre Hände und verlagerte das Gewicht wieder auf die Knie. »Willst du mich heiraten?«

Als sie nicht sofort antwortete, nahm er den Karton, den sie gerade ausgepackt hatte. »Ich wollte an dem Brauch festhalten«, erklärte er. »Die Autogrammkarte ist etwas Altes. Ich habe sie seit meiner Teenagerzeit. Das Badesalz ist etwas Neues. Der Schlüssel ist etwas Geliehenes, weil Bob meinte, wir könnten die Flitterwochen in seinem Haus verbringen. Und der Schnürsenkel ist etwas Blaues.«

»Oh Glen!«

»Ohne dich bin ich nur ein halber Mensch.«

Ihr war es genauso ergangen.

»Lydia hat mir zwar davon abgeraten, es dir zu sagen, aber wenn du unbedingt am Dienstag heiraten willst, bin ich damit einverstanden. Ich habe den Termin mit dem Hufschmied zwar schon vor zwei Monaten vereinbart, aber ich würde ihn absagen, weil ich verrückt nach dir bin.«

»Bist du sicher, dass dein Heiratsantrag nichts mit Richard zu tun hat?«

»Ja«, bekräftigte Glen. »Ganz sicher. Allerdings bin ich ihm dankbar, denn ich weiß nicht, wie lange ich sonst gebraucht hätte, um zu erkennen, dass ich dich liebe.«

»Dann bin ich ihm auch dankbar.«

»Wir werden zusammen einen Verlobungsring kaufen. Ich tue, was du willst, nur lass mich nicht noch länger warten.« Er sah sie so erwartungsvoll an, dass sie ihm nichts mehr abschlagen konnte. »Elaine, du bist der beste Freund, den ich je hatte. Ich möchte, dass du auch meine Geliebte wirst. Meine Frau. Die Mutter meiner Kinder. Ich möchte mit dir alt werden.«

Elaine legte ihm die Arme um den Nacken und presste die Lippen auf seine. Nach diesem Moment hatte sie sich gesehnt, seit Glen sie das erste Mal geküsst hatte.

Er umfasste ihre Taille und zog sie zu sich herunter, sodass sie auch auf dem Boden kniete. Dann küssten sie sich wieder.

»Ich hoffe …« Glen löste sich kurz von Elaine. »… das ist ein Ja.«

»Mhh. Küss mich.«

»Ich werde dich bis ans Ende deines Lebens küssen.«

»Das klingt gut.« Sie umarmte ihn noch fester. »Was ist in dem anderen Karton?«

»Das ist für die Flitterwochen«, erwiderte er undeutlich.

»Du warst dir deiner sehr sicher, nicht?«

»Nein.« Er hauchte einen Kuss auf ihren Hals. »Ich war völlig fertig mit den Nerven. Wir heiraten wirklich, oder?«

»Oh ja.«

»Wir werden sehr glücklich sein, das verspreche ich dir«, flüsterte er, bevor er sie wieder küsste. »Ich bin verrückt nach dir, Elaine.«

Elaine lächelte. »Das hast du bereits gesagt. Aber ich bin auch verrückt nach dir.«

Erneut presste sie die Lippen auf seine.

11. Kapitel

Richard wusste, dass die Zeit langsam knapp wurde und er Promise so schnell wie möglich verlassen musste. Er konnte seine Gläubiger nicht länger hinhalten, und sobald Grady den Scheck einlösen würde, den er ihm gegeben hatte, würde er erfahren, dass dieser nicht gedeckt war. Richard brauchte nur noch ungefähr eine Woche, um alles vorzubereiten. Niemand würde auf die Idee kommen, in der alten Geisterstadt nach ihm zu suchen. Er würde einfach still und heimlich verschwinden.

Bis dahin musste er Grady weiterhin Sand in die Augen streuen, selbst wenn es bedeutete, dass er dafür auf der Ranch arbeiten musste. An diesem Morgen hatte Grady ihn gebeten, für einen Saisonarbeiter einzuspringen, der krank geworden war.

»Ich weiß nicht, ob ich euch eine große Hilfe sein werde«, sagte er zu Laredo, als er Roanie sattelte.

»Grady braucht nur etwas Unterstützung«, erwiderte Laredo.

Er hatte keinen Hehl aus seiner Abneigung ihm gegenüber gemacht, und bisher hatte es Richard nicht weiter gestört, weil er auch nicht gerade ein Fan von Laredo war. Allerdings bewunderte er sein Geschick, denn Laredo hatte Grady dazu gebracht, ihm eine Teilhaberschaft an der Ranch anzubieten. Offenbar hatte er Land in Oklahoma verkauft, und den Erlös investierte er nun in ihre Quarter-Horse-Zucht. Als er festgestellt hatte, dass seine neu erworbene Zuchtstute trächtig war, hatten alle gefeiert und so viel Aufhebens darum gemacht, dass man hätte annehmen können, Savannah wäre schwanger.

»Grady möchte, dass wir die Kälber wiegen und in die Pferche treiben«, erklärte Laredo, als sie zur Weide ritten.

»Wozu?« Richard hüpfte im Sattel auf und ab. Er hatte noch nie gern auf einem Pferd gesessen, und wenn er sich schon den Hintern wund ritt, wollte er wenigstens wissen, warum. »Will er sie verkaufen?«

»Irgendwann schon. Und dann sollen sie gesund sein.«

Richard unterdrückte ein Stöhnen. Man brauchte sich diese stinkenden Viecher doch nur anzusehen, um zu wissen, dass sie gesund waren. Gesünder als ich, überlegte er wütend.

Ihm war durchaus klar, dass Grady sich nur an ihm rächen wollte. Grady war von jeher eifersüchtig auf ihn gewesen und hatte ihn schon immer um seine Fähigkeiten beneidet. Nun wollte er ihn dafür bestrafen, dass Max Jordan ihn auf die offenen Rechnungen angesprochen hatte.

Nachdem sie einige Minuten geritten waren, erreichten sie die Weide. Laredo wies ihn an, abzusteigen und die jungen Ochsen von den Färsen zu trennen. Es war keine leichte Aufgabe, und sein verdammter Schwager machte sich offenbar über ihn lustig. Er stand am Tor, während Richard das Vieh unter seinen Anweisungen zusammentrieb. Er hasste das Leben auf der Ranch, und Grady wusste das.

Nachdem sie die Kälber isoliert hatten, zählten sie jeweils zwanzig ab und fingen an, sie zu wiegen. Das laute Muhen der aufgebrachten Tiere tat Richard in den Ohren weh.

»Sind sie drauf?«, rief Laredo.

»Ist es immer noch nicht Mittag?«

»Nein. Beantworte meine Frage.«

»Ja, sie sind auf der Waage.« Richard fächelte sich Luft zu, weil er den Gestank nicht ertragen konnte.

Nach dem Wiegen wurden die jungen Ochsen in den Pferch getrieben. Laredo schien mit dem Ergebnis zufrieden. »Sie haben in den letzten zwanzig Tagen im Schnitt zwanzig Pfund zugenommen«, erklärte er.

»Na klasse.«

Laredo ignorierte seine Bemerkung. »Wenn sie weiter so zunehmen, werden sie beim Verkauf um die sechshundert Pfund wiegen.«

»Großartig«, meinte Richard leise und warf einen Blick auf seine Armbanduhr. »Ist es immer noch nicht Mittag?«

»Bald.« Laredo schob seinen Stetson zurück. »Wenn wir hier fertig sind, sollen wir die Ochsen impfen.«

»Wie bitte? Heißt das, mein Bruder erwartet von mir, dass ich ihnen Spritzen gebe?«

»Sieht ganz so aus.«

»Ich hasse Spritzen.« Ihm war klar, dass Laredo es ihm bewusst verschwiegen hatte. Dieser Mistkerl! Vermutlich hatte er das Beste bis zum Schluss aufheben wollen.

»Die Kälber sind sicher auch nicht besonders scharf darauf.«

»Dann lassen wir es lieber!«

Laredo antwortete nicht, und Richard fügte sich in sein Schicksal. Doch er nahm sich fest vor, es Grady heimzuzahlen. Grady hatte zwar von den offenen Rechnungen bei Max erfahren, doch von den anderen wusste er nichts. Noch nicht. Und wenn er es erfuhr, würde Richard längst über alle Berge sein. Bye-bye, Yellow Rose Ranch.

Der Gedanke daran beflügelte Richard, sodass er auch den restlichen Tag überstand.

***

Obwohl Elaine so viel Zeit mit Glen verbrachte, wie sie konnte, genügte es ihnen beiden nicht. Die Hochzeit sollte im September stattfinden, und Elaine schmiedete eifrig Pläne. Zurzeit waren Glen und Cal vollauf damit beschäftigt, ihre Kühe zu verkaufen, und dabei konnte sie ihnen nicht helfen.

»Ich habe mir schon gedacht, dass ich dich hier finden würde«, sagte Glen.

Elaine, die bei den kranken Kälbern im Pferch war, lächelte ihren Verlobten an. Er trug seinen Stetson und lederne Reithosen.

»Ob die beiden es schaffen?«, fragte sie mit einem Blick auf die Kälber, die mager waren und glanzlose Augen hatten.

»Sie haben nichts, was ein bisschen Medizin und liebevolle Pflege nicht heilen könnten.«

»Gut.«

Glen kam zu ihr in den Pferch. »Wann bist du gekommen?«

»Vor einer Viertelstunde. George macht heute Nachmittag zu.«

Er küsste sie flüchtig. »Bedank dich bei ihm für mich.«

»Er muss sich daran gewöhnen. Wenn wir erst verheiratet sind, werde ich öfter früher Schluss machen.«

Glen legte ihr den Arm um die Taille. »Das Wort höre ich gern.«

»›Verheiratet‹?«

Er nickte und öffnete das Tor. Dann schob er sie aus dem Pferch und aufs Haus zu. »Es gefällt mir von Tag zu Tag besser.«

»Mir auch«, gestand Elaine leise. Ihr Vater hätte sich auch darüber gefreut, denn er hatte Glen sehr gerngehabt. Sie stellte sich vor, wie er lächelte und ihr sagte, sie hätte eine gute Wahl getroffen. Es war nur schade, dass er sie nicht mehr zum Altar führen und auf ihrer Hochzeit tanzen konnte.

»Ich muss noch duschen«, verkündete Glen, als sie das Haus betraten, »aber ich bin gleich wieder da.« Er lächelte Elaine an und küsste sie noch einmal.

Während er duschte, ging sie in die Küche, um das Abendessen vorzubereiten. Seit Glen und sie ihre Verlobung bekannt gegeben hatten, übernachtete sie zwei- oder dreimal in der Woche auf der Ranch und kochte dann auch. Es machte ihr Spaß, in der großen Küche herumzuwerkeln, besonders wenn Glen da war und ihr half.

Sie hatte gerade einen Braten im Backofen und war dabei, Kartoffeln zu schälen, als Cal die Küche betrat. »Hallo, Elaine, wie läuft's?«, erkundigte er sich.

»Großartig.« Sie tat eine Kartoffel in den mit Wasser gefüllten Topf.

»Du musst hier nicht in der Küche stehen. Aber ich weiß es natürlich zu schätzen.«

Elaine lächelte ihn an. Sie hatte Cal immer gemocht, war aber nie so richtig aus ihm schlau geworden, weil er oft so distanziert wirkte und manchmal richtig abweisend war. Nachdem sie jedoch mehr Zeit mit ihm verbracht hatte, verstand sie sich richtig gut mit ihm. Sie hatte ihn sogar dazu überreden können, mit Glen und ihr an den Feierlichkeiten zum 4. Juli teilzunehmen. Und allem Anschein nach hatte er sich amüsiert, obwohl er abends niemanden zum Tanzen aufgefordert hatte. Es war allgemein bekannt, dass er Frauen nicht über den Weg traute, doch er freute sich offenbar für Glen und sie.

»Wenn wir verheiratet sind, kannst du jederzeit mit uns essen«, erwiderte Elaine. Glen und sie hatten sich bereits darauf geeinigt, dass sie nach der Hochzeit zusammenziehen würden. Demnächst wollten sie einen Termin mit einem Makler vereinbaren, um sich ein Haus zu suchen. Sie hofften, bis August eines zu finden, um gleich nach der Hochzeit einziehen zu können.

Als Glen erschien, das Haar noch feucht vom Duschen, verließ Cal die Küche. Glen umarmte Elaine von hinten und küsste sie auf den Nacken. »Verdammt, ich liebe dich so!«

Mittlerweile fiel es ihm überhaupt nicht mehr schwer, die Worte auszusprechen – im Gegenteil.

»Ich liebe dich auch«, erwiderte sie und drehte sich zu ihm um. »Ich mache mir Sorgen um Cal.«

»Cal? Was ist mit ihm?«

»Nichts, was die Liebe nicht heilen würde.«

Glen runzelte die Stirn und umfasste ihre Schultern. »Du hast diesen bestimmten Ausdruck in den Augen. Den habe ich auch bei meiner Mutter und Lydia schon gesehen.«

»Was für einen Ausdruck?«

Er küsste sie auf die Nasenspitze. »Ich weiß nicht, wie ich ihn beschreiben soll, aber eine Frau hat ihn immer dann, wenn sie zu wissen glaubt, was das Beste für einen Mann ist.«

»Ich will keine Ehe stiften, Glen!«

»Aber du denkst, dass Cal eine Frau braucht.«

»Er sollte sich verlieben.«

»Das hat er damals getan«, erinnerte er sie.

»Das nächste Mal muss er sich aber in eine Frau verlieben, die seine Gefühle erwidert und ihn so akzeptiert, wie er ist.«

Glen sah ihr in die Augen. »Und wo willst du diese Frau finden?«

»Das weiß ich nicht. Aber es gibt sie, und sie wartet auf jemanden wie Cal.«

Er zog sie wieder an sich und bewies ihr mit einem leidenschaftlichen Kuss, wie sehr er sie liebte. »Du bist eine schreckliche Romantikerin, Elaine Frasier.«

»Ich bin verliebt, und ich möchte, dass mein zukünftiger Schwager genauso glücklich wird.«

»Wenn er einen Texas Two-Step tanzen will, muss er sich selbst eine Partnerin suchen.«

Elaine lächelte ihn an. »Und das Beste beim Texas

Two-Step ist ja: Wenn man ihn richtig tanzt, wechselt man den Partner nicht.«

»Darauf kannst du wetten.« Er presste die Lippen auf ihre.